ダナエ

藤原伊織

角川文庫
23624

目次

ダナエ

1

一報をうけてもどると、瀬田《せた》が蒼《あお》ざめた表情で出むかえた。

「申しわけありません。思わぬ事態になって……」

先に立ってすぐ歩きはじめた瀬田の言葉づかいが、いつになく乱れている。ふだんのこの男なら、申しわけありません、でなく必ず、申しわけございません、と慇懃《いんぎん》に切りだすはずだ。瀬田は美術界で長年、裏方を務めてきた男である。予想外の狼狽《ろうばい》をみせるその背中を眺めながら、宇佐美《うさみ》もギャラリーの奥に足を運んだ。

午後六時十五分。ふだんなら来場者の姿がすべて消え、虚《うつ》ろな気配の漂う時間だった。きょうはちがう。咎《とが》めるような甲高《かんだか》い声が響いている。井口《いぐち》の声だ。日ごろ、温厚な印象しか与えない人物の口調が、怒気すら帯びている。豊明《ほうめい》画廊のオーナーにとっては、それだけの事態が発生したということか。

井口の指図で、男性事務員と受付の女性たち数人が、壁面から油彩の一点をおろしているところだった。額が静かに床におかれたとたん、「水を!」と井口の声があがった。事務員が奥のオフィスへ小走りに駆けていく。目をあげた井口は宇佐美を認めたが、声をかけようとし、思いとどまったらしい。宇佐美の表情を黙って見つめ、場所を譲った。横たわる六十号をまえに、宇佐美は大柄な身体を折り、キャッチャーの姿勢で腰をおとした。

作品は、無残だった。もう平面とはいえない。鋭利な刃物で切り裂かれたキャンバスが傷の内側にたれさがり、ふた筋の深い裂け目をのぞかせている。布地さえ見えるその周囲では絵具が溶け、色彩でなくなった黒いまだら模様を浮かびあがらせている。さらにその染みは、じりじりと周りを浸食しつつあるようにもみえる。もともとくすんだ青の暗い色調が、なにかの憎悪を伝える闇に様変わりしていた。ちらと壁面を見やった。空白の下にプレートがひとつ、タイトルの「肖像」とだけ残っている。脇に売約済のマーク。濃い液体の痕《あと》らしいものが、床に散っている。化学変化か。なるほど、それで水か。宇佐美は内心つぶやいた。

そこには、かつて年老いた男が描かれていた。この国の権力の中枢にあり、表の顔以上に隠然たる力を持つ老人のひとりだった。宇佐美がこれまで描いた唯一の肖像画のモデルである。だが背景の室内だけを残し、その表情の部分はいま、影も形もない。

「水はいらないでしょう」宇佐美は立ちあがった。「修復はまず無理でしょうから」

「全国紙で、二紙にも写真付きで紹介された作品なのに……」

井口がつぶやいた。そして思いだしたように声をあげた。

「そうだ。警察にまだ通報していなかった」

宇佐美は首をふった。「それは必要ない」

「しかし、犯罪ですよ。経済的損失でいっても、並みの器物損壊どころではないでしょう」

「井口さんのほうでの買い上げのことなら心配いりません」

「いや、それはよくない。この事態の責任の一端は、私どもにありますから。まあ、その話はあとにするとして、とりあえず警察を……」

「やめていただけませんか。いまは、あまりそういう人たちと接触したい気分ではない。騒動は御免こうむりたい。あすでクローズすることでもあるし」

「きょうが閉展前日であったのは、たしかに不幸中の幸いでした。ですが、宇佐美先生の作品が傷つけられたんですよ。どう考えてもいずれ、公然化します。美術雑誌も何誌か取材にきていたので、この作品の写真掲載はまちがいないと思われます。その場合……」

宇佐美はさえぎった。「もしなにかあれば、僕が気にいらないので、みずから撤去した。そのあたりの心境の変化を理由にするということでどうでしょう。幸か不幸か、僕は風変わりな性癖の持ち主として知られているらしい。買い主もたまたま豊明画廊だった。責任はすべて、僕が持ちます」

井口はつかのま、こちらを眺めていたが、やがて首をふりながら「そうですか」とつぶやいた。理由を深くたずねることもないその答えに、あからさまな安堵《あんど》の気配がにじみでた。豊明画廊は、銀座で五本の指にはいる大手だ。こんな事件がギャラリー内で発生したというニュースが流れれば、信用にかかわる。損失には、先行投資の買い上げ提示、一千万近い金額をはるかに超えるものがあるだろう。とくにこの個展は現在、美術界の注目を浴びている。とりあえず警察をといいながら、発見と同時に通報しなかったのは、宇佐美のこの返事を待っていたせいかもしれない。

ほかの作家なら、こんなふうに自作を傷つけられた場合、まず烈火のごとく怒るだろうな。いや、新聞の文化面で今年最大の収穫のひとつと紹介されたほどの作品が失われた直後なら、その程度ではすまないかもしれない。人ごとのように考えたあと、この突発事を少々おもしろがりはじめている自分に気づいた。最初は、喫茶店にひとりいると き携帯への電話で、コーヒーを飲みながらの読書を邪魔された不快感のほうが強かったのに……。やはり絵描きとして異常なのかもしれないなと思う。

宇佐美はもう一度、切り裂かれた六十号の傷と、黒い染みにおおわれた絵具に目をやった。

「傷はなにかの刃物によるものでしょうが、撒《ま》かれた液体は硫酸あたりでしょうか。それなら、なんだか『ダナエ』の事件を思わせる奇妙な構図になるが」

「液体についてはわかりません」井口が答えた。「ですが、私もすぐ『ダナエ』を思いうかべました。損傷具合からは、おそらくその種の薬品かと思われます」

宇佐美は苦笑した。「しかしそうであっても、似ているのは事の次第だけで、僕はレンブラントじゃない」

井口は笑わなかった。かわりに気づいたように、周囲にてきぱきと指示しはじめた。

とりあえず少量の水で、異物の緩和を試すように。あとだれかその方面に詳しい人物、青山美大の本間助教授がいいかもしれない、とにかくどなたかに至急きていただいて、作品の修復の可能性と液体の正体を突きとめるように。ただし極秘のご相談という前提でお願いすることを忘れないように。

この声音《こわね》は、修復の可能性を信じてはいないポーズそのものだ。宇佐美が考えたとき、井口が向きなおった。

「とりあえず、おすわりください。ご説明申しあげなければなりません」

ギャラリーのコーナーにある応接セットに宇佐美は腰をおろした。対面する位置に、井口と瀬田。井口は、宇佐美と同世代の四十代半ばにさしかかる、この画廊の二世オーナーだった。先代から仕えている瀬田のほうがふた回りほど年上になるが、上下関係はだれの目にもすぐ見てとれる。

「瀬田さん。あなたから、宇佐美先生に状況を説明してもらえますか」

井口が声をかけると、瀬田が答えた。

「それでしたら、受付のふたりも同席させたほうがいいかと存じますが」

うなずいた井口を見て瀬田が立ちあがり、会場に立ったままでいる女性ふたりを連れてもどった。彼女たちとは宇佐美もいくらか顔なじみになっているが、名前を聞いたことはない。ともに礼儀正しくお辞儀して、横のスツールに腰をおろした。

「ふたりは嘱託の立場です。ほかにもアルバイトは常時、数人おりますが、彼女たちにはかなり長く受付をつとめてもらっています」

井口があらためて長谷川、庄野の名を紹介すると、ふたりは膝で両手をそろえ、また頭をさげた。光沢のある白いブラウスに黒いスカートといった品のいい装いに似つかわしいしぐさだった。ふたりとも二十代半ばにみえるが、宇佐美にはよくわからない。ただ昨今のアルバイト女子大生あたりではまず見ることのない、いきとどいた教育は、いかにも老舗《しにせ》画廊の格を思わせる。

初老の瀬田が丁重な口調でふたりに声をかけた。

「さきほど私のちらと聞いた話をもう一度、宇佐美先生に詳しく話していただけますか」

「犯人はあの女性だと思います」ふたりのうち髪の長いほう、長谷川が断定的に答え、もうひとりを見た。庄野もこっくりうなずいた。

「女性？」

長谷川は首をかしげた。「女性というより、女の子でしょうか。高校生かもしれません」

「詳しく聞かせてくれないか」

もちろんといった風情《ふぜい》で長谷川は口を開いた。「先生もご承知のように、本日も会場は賑《にぎ》わっておりました」

宇佐美は腕を組み、ソファの背に身体をあずけた。

ギャラリーの来場者が急に増加したのは、オープンして五日目からのことだった。前日夕刊に載ったこの個展の最初の批評がきっかけになった。批評とはいえ、記事としてとりあげる場合はもちろん好意的な紹介になる。さまざまな企画展や公募展が開催され、美術界の賑わう十月は、個展に割かれるスペースが極端にすくなくなる時期だ。おまけに、長生きも才能のひとつといわれる画壇にあって、宇佐美は異例に若く、大御所ではない。それでも批評記事で紹介されたのは、宇佐美の個展という希少価値のせいだろう。もっともメディアの批評など、宇佐美にはどうでもよかった。国内では二度目の個展だが、海外からは十回以上、招待されている。数年間、銀座の老舗画廊からの申し出に何度も首を横にふっていた。国内市場も無視できない存在ですよ、と井口が婉曲《えんきょく》な表現ながら金銭問題をほのめかしたときには反発を覚えたことがある。

記事掲載がつづき、以降、会場はずっと盛況だった。尻上がりに来場者が増え、作品にはすべて売約済のマークが添えられた。そのなかの数点は、豊明画廊自身が買い上げの意向を持った作品で、被害にあった六十号の肖像もそのひとつだった。

したがってこの個展企画は、画商である井口にとって大成功だったといえる。ついさきほどまでは。

「きょう、その女の子が来場したのは、五時半ころだったと思います」長谷川がいった。

「彼女は記帳せずに受付をとおりましたが、私たちはさほど気にしませんでした。なにしろ、最近は美大生など若い人たちがとても多くなっておりましたので」

井口がうなずいた。一般客でないプレスもしくは美術評論家が訪れた場合だけ、受付のひとりがオフィスに移動し連絡することになっていた。井口か瀬田が応対するためだ。この措置は、宇佐美がほとんどギャラリーに常駐していなかったせいである。きょうの会場訪問も、異例に長い開催期間三週間のうち、レセプションをふくめまだ四回目にすぎない。

「どういう感じの女の子だった？」宇佐美がたずねた。

「化粧気はなかったように思います。背は高いのですが、とてもきゃしゃな雰囲気の子でした。ジーンズをはいていて、おどろくほどスリムでしたが、それがスタイルがいいというより、率直にいえば不健康な感じだったようにも思えます」

「不健康ね。しかしその印象だけで彼女を犯人と決めてかかっているわけじゃないだろう？」

長谷川はうなずいた。「理由はいくつかあります。まず、時間の問題ですが……」

そこで彼女はいったん口を閉ざし、隣を見た。自分ばかりしゃべっていることで気が咎めたのかもしれない。だが横にいる庄野は、おとなしくこちらをじっと見ているだけだ。そういえば彼女はなにも話していないなと宇佐美が考えたとき、瀬田が割りこんだ。

「時間でいえば、犯行は六時の閉館間際あたりにおこなわれたとしか考えられません。五時から五時半くらいまで、私が月刊芸術通信の編集者を案内して会場をめぐっておりました。その際、あの作品のまえで数分雑談をしたのですが、そのときはなんの異常もございませんでした」

そのころ宇佐美は、会場を抜けて近くの喫茶店で文庫を読んでいた。ふたたび長谷川の声が聞こえた。

「五時半よりあとに残ってらっしゃったお客さまで、さまざまな道具を持ちこめるようなバッグを持っていたのは、彼女だけでした。ご承知のように、大きなショルダーバッグは振り向いたときなど、意識しないうちに作品を傷つけることがあるので注意しております。彼女のバッグもかなり大きいキャンバス地のものでしたから、手に持っていただくようお願いしたのでよく覚えております」

「なるほど。きみのほうは、どういう感想なの」

もうひとりの庄野のほうを向くと、こちらは対照的にショートカットの頭がこっくりと動いた。

「おなじです。彼女のバッグがとても重そうだったので、その点も私には強く印象に残りました」

「これまでに彼女を見かけたことはなかった？」

ふたりは相談するように顔を見あわせたが、やがて長谷川がきっぱりといった。

「来場ははじめてです。まちがいないと思います」

「すると、その子があの死角にいた時間もあったというわけかな」

ふたりがともにうなずき、空白になった壁面に目をやった。このギャラリーは、銀座でもかなりスペースがひろい。そのため作品がそろわないと個展など不可能なのだが、それ以上に点数の多い展示になった場合、作品を両面にかける仮設のパーティションを中央に設けることが可能だった。いまこの個展がその構造になっている。被害をうけた壁面あたりは、そのパーティションのおかげで受付からは見えない位置になる。

長谷川が答えた。

「ほかにもお客さまはいましたし、出入りもありましたので、ずっと彼女を観察していたわけではありません。ですから断言はできませんが、ギャラリー全体をざっと一周したあと、かなり長いあいだ姿を見なかったように思います。あの作品のあたりにいたとしか考えられません」

「彼女がここをでていったのは？」

「六時ちょうどです。閉館を告げてまわるため、私たちが立ちあがったところでした。そのころまで残っていたお客さまはたしか五人で、彼女が最後にドアをでていきました」

「どんなようすだった？」

「少々、急ぎ足でしたが、まま見うけられる程度です。それ以外、とくに変わったところはございませんでした」

井口が口をはさんだ。「最後の客のほかの四人はどんな人たちで、位置関係は？」

長谷川が庄野に相談しながら答えはじめたが、宇佐美はもう聞いてはいなかった。彼女たちの指摘した人物でまずまちがいない。ふたたび壁面に目をやった。あの六十号もの空白を埋めるために、アトリエからべつの同サイズの作品を選ぶ必要がある。このあとすぐにでも井口から要請があるだろう。考えたとき事務室のドアが開き、事務員がコードレスの受話器を持って近づいてきた。

「宇佐美先生。お電話です」

「だれから？」

「お名前は名乗ってらっしゃいません」

宇佐美は受話器をうけとった。「宇佐美ですが」

「宇佐美真司さん？」

流れてきた声は若い女性のものだった。若いというより、あどけないともいえる。予感を覚えながら「そうです」と宇佐美は答えた。

「お義父《とう》さまの肖像はご覧になりました？」

宇佐美は静かに立ちあがった。だが細身とはいえ、身長百九十近い男が腰をあげたのだ。井口たちの視線を意識しつつ、ソファからはなれるように歩きはじめた。場所を探したが、この静かなギャラリー内にあっては、彼らにまったく声のとどかないところは見つからない。あきらめて部屋の中央で足をとめた。

「あの作品をクズにしたのは、きみなのか」

「クズをべつのクズにしたところで、なにか問題はありますか」

硬い切り口上を聞いたとき、宇佐美は思わず声をあげて笑った。

「いわれてみると、たしかにそうかもしれない。きみはなかなか巧妙な表現をつかうね」

電話の向こうに沈黙があった。予想外の反応に困惑したのかもしれない。背景にほんのわずか、ざわめきがある。公衆電話だろうな。考えながら、宇佐美はつづけた。

「忠告しておくが、あまり突飛ないたずらはしないほうがいい。僕はいいが、周囲に迷惑がかかる」

「……いたずら？　それでいいんですか？　そこに警察はいないんですか？」

「警察などいない。いたずら程度で警察を呼んだって仕方ないだろう。警察だってそんなに暇じゃない。そもそも、問題はありますか、と啖呵《たんか》を切ったのは、きみのほうじゃなかったのか」

答えはなかった。

「ひとつだけ訊《き》いておきたいんだが、あの液体はなんだい」

今度は即答がかえってきた。「硫酸です」

「ふうん。じゃあ、結果を知りたいだろうから教えてあげるが、あれには劇的な効果があったよ。作品は壊滅した。硫酸はどこで手にいれた？」

「現代では、なにかを望めば、たいていのものは手にはいります」

「なるほど。そういう時代だった」

「ただし、物品にかぎります」

「物品ね。むずかしい言葉をつかうな。きみは……」

電話の声がさえぎった。「世間話をするために、私は宇佐美さんにお電話したんじゃありません」

「では、用件を聞かせてくれないか」

「きょうは予行演習です。それをお伝えするために電話しました」

宇佐美はちらとソファのほうを眺めた。全員がこちらを見つめている。ため息をつき、宇佐美は声をおとした。

「予行演習というと、本番があるわけだ。それはなんだい」

「知らないほうが、結果をより楽しめるのではないでしょうか」

「いつ楽しめる？」

「すぐです。二、三週間もお待ちいただくことはないと思います」

「ほう。じゃあ、次の機会には僕自身が硫酸でも浴びるのかな」

また沈黙。

「つまり、この電話は脅迫と考えていいということかな。いや、気をわるくしないでくれ。そうだとしても、きみとの会話はなかなか楽しい。僕自身の携帯番号を教えておくよ。好きなときにかけてくれていい」

そういって宇佐美は番号の数字を並べた。二度、くりかえした。そのあいだ、かすかな騒音以外、なにもない沈黙がつづいた。

「なぜ……」その硬いつぶやきのあと短い間があり、いきなり電話が切れた。

手にした受話器を眺め、しばらく宇佐美は考えていた。やがてソファにもどった。全員の好奇の目で迎えられた。
宇佐美は女性ふたりに笑いかけた。そして「きみたちは非常に優秀な受付らしい」といった。

2

宇佐美は一時間まえとおなじ場所にすわっていた。瀬田から電話があったときにいた喫茶店だが、ギャラリーに立ちよる前後はほとんどここにいる。さっきと同様、コーヒーを飲みながら、ジャケットに突っこんでいた文庫本を開き、ページに目をおとした。ここへもどったのは、中断させられた詩篇の続きを読みかえしたくなったという理由以外なにもない。岩波文庫の末尾近くに収録されている『氷島』は全篇の三分の一程度にすぎないが、「乃木坂倶楽部」ははいっている。

わが思惟するものは何ぞや
すでに人生の虚妄に疲れて
今も尚家畜の如くに飢ゑたるかな。
我れは何物をも喪失せず
また一切を失ひ尽せり。

萩原朔太郎が離婚したあと、独り暮らしのときに書いたものらしい。宇佐美にも同様の時期があった。朔太郎との落差は大きいかもしれないが、あるにはあった。

聞き覚えのある声が入口からとどいてきた。

「でもさあ、宇佐美さん、すごく変人だと思わない？」

「変人は失礼でしょう。画家って変わった人が多いけれど、私はすごくナイーブな人だと思う」

「ナイーブね」

そこでいったん会話が途切れた。いま脇をとおったウェイトレスに、コーヒーふたつ、と注文する声が聞こえた。彼女たちの選んだのはすぐ背後の席だ。

この古めかしい喫茶店の椅子は、垂直になった背もたれがかなり高く、視界が大幅にさえぎられている。若い女性ふたりは、まさか当の本人がひとつ奥のテーブルで文庫本を開いているなどとは思ってもみないだろう。それにしても、と宇佐美は苦笑した。変人だと長谷川からは思われていたのか。しかし、そちらのほうが、庄野のナイーブより的を射ているような気がする。長谷川の物言いは画廊のものとは大ちがいだったが、それもまた、ああいった職場での資質といえるのかもしれない。

いずれにせよ、彼女は変人という言葉を大声で口にしたばかりだ。しばらく席を立てなくなった。

「だって」と長谷川の声が聞こえた。「犯人から電話かかってきて、あんなに軽い応対するんだよ。どう考えたって変人じゃない」

「犯人もそう思っているのかな」

「そりゃ思ってるでしょう。警察は呼ばないし、携帯の番号まで教えてるんだもん。画家に限んなくたって宇佐美さんみたいな人、私、見たことないよ」

「宇佐美さんでなくて、宇佐美先生でしょう？　いいなれていないと、画廊でもつい口にでちゃうわよ」

「大丈夫。私、切り替えには慣れてるもん。それに宇佐美さん、先生と呼ばれるのがいやなタイプみたい」

まったくそのとおりだ。宇佐美は賛辞を呈したくなった。内輪の会話であることを考えれば、呼び捨てでないだけでもありがたいと思うべきなのかもしれない。だがもう、文庫には集中できない。小説家のほうの作家なら、おそらくこういうチャンスは歓迎するのだろうが、時間が限られている。九時に瀬田が上野毛の自宅までやってくることになっている。クローズするあす半日のため、損傷した六十号の代替品をそれまでに選んでおくと宇佐美が告げたからだ。

「でもほんとうに妙な事件だったわね」

「あ、それで庄野に訊きたかったんだけどさ。社長と宇佐美さんが話してたでしょ、『ダナエ』って。ふたりとも当然知ってるみたいに話してたけど、あれ、なに？」

「ああ、あれはね。エルミタージュ美術館の『ダナエ』のこと。レンブラントの作品。きょうの事件とまったくおなじように、キャンバスがナイフで切られたうえ、硫酸をかけられたの」

「へえー、するとなに、そっくりそのまま？　硫酸をかけられたとこまでおんなじってわけ？」

「そう。酷似《こくじ》しているわね。再現といってもいい」

「じゃあ、犯人のあの子は、レンブラントのこと知ってたのかな。それで模倣犯やってみましたって、そういうことなのかな」

「動機はわからない。でも、知っていたのはまずまちがいないと思う」

「そうだろうね。エルミタージュはいつごろの話？」

「一九八五年。ロシアがまだソ連だった時代。でも、その『ダナエ』は十年もかけて修復されたの。いまは展示されている。これ、美術界では有名な話じゃない」

「私、庄野みたいにキュレーターの資格、持ってないもん。だいたい庄野が受付なんかにもったいないんだよ」

「美術館とか博物館のキュレーター志望者の倍率、知ってる？」

「まあね。私たち、ほんと不幸だよね。超氷河期に卒業しちゃってさ。それで、エルミタージュの犯人って、どんなやつだったの」

「それがね。私が聞いた話はすごくロマンチックなの。ある老夫婦がね、ふたりでしょっちゅう『ダナエ』を観にきていたんだって。いつも仲よく『ダナエ』のまえで長い時間をすごしていたの。ところがいつか、お婆さんのほうが死んじゃった。もちろん、あとになってわかったことだけれど。それでお爺さんのほうが精神的にまいっちゃって、おかしくなっちゃって、それでお婆さんとの思い出を破壊しようとして犯行におよんだというの。でもこの話は、おそらくどんな文献にも載ってはいない」

「ふうん。それがほんとうなら、犯罪が俄然《がぜん》、ロマンチックなお話になっちゃうね。なんだかレンブラントに、犯人を許してあげてってお願いしたくなってくる。だけど、文献にも載っていないことをどうして庄野が知ってるの」

「エルミタージュの修復研究室へはいった学芸員をたまたま知ってるの。その部屋に案内されたのは、日本人でほんの数人しかいないんだって。彼がそこで聞いた話を私も聞いたの」

「なに、その彼って、庄野のこれ？」

「ちがうわよ。おじさんだもの」

宇佐美はひそかに唸《うな》った。そんな話は、いままで聞いたことがない。なにかの折り、文献で読んだかぎりでは、精神に変調をきたしたリトアニア人の犯行ということだった。するとその老夫婦は、リトアニア人だったのだろうか。裁判では責任能力なしとされ、たしか無罪になったとあった。事の経緯があいまいなのは、ソ連時代当時、公には伏せられた事実があまりに多かったせいだ。いずれにせよ、と思う。未知の世界はどこにもあって、思わぬところに開かれたドアがある。銀座のこんな喫茶店にもある。

「でもさあ、いきなり現実的になっちゃうけど、井口社長、たいへんだよね。きょうも真っ青だったもん」

「そうね。宇佐美先生の作品だし、それも絶賛を浴びている大作だし。犯行自体がユニークだから、もしマスコミに流れたらたいへんなニュースになったでしょうね。画廊にとっては致命傷だった」

「なんせ、社長は画商でなくてアート・ディーラーと呼んでほしいってのが口癖の人だもんね。マスコミ対応が巧いのに、その得意技が裏目にでちゃう。あの買い上げ分、どうするんだろう」

「それは、お金は支払うでしょう。もしかしたら最初の契約どころじゃないかもしれない。責任は先生にまったくないわけだし。そういえば、私たちだって責任はゼロとはいえないわよ」

「なにいってんのよ。チェックなんかできっこないよ。そりゃだれが見たって挙動不審なとこでもあったら瀬田さん呼びにいったかもしれないけど、あの子、わりに堂々としてたもん。あれで、あの子を見張ってくれ、なんて絶対いえないよ」

「そうね。でも、今後はしっかりチェックするようにって、絶対あすの朝いわれるわよ」

「そんなら海外作品展だけじゃなくて、国内作家の個展でもきちんと警備員いれなさいっていいたいよ。でもさ、社長もそうだけど、私たちもちょっと救われたよね、宇佐美さんのおかげで。優秀な受付っていわれたじゃない」

「私はあのへんが宇佐美先生の駄目なところだと思う」

「どうして？」

「寛容すぎるわよ。自分の作品で、しかも展示したなかの最高傑作を傷つけられたのに、あほんとうに全然、怒らないんだもの。だいいち、先生がこれまでに描いた肖像画は、あの一点しかないはずなのよ。だから、あの態度はどうかなと思った。怒鳴りちらすくらいのほうが、画家としてもっと尊敬できたのに。画家なら、それくらい自分の作品に愛情と誇りを持つべきでしょう」

「才能があるんだから、あれ以上のものはこれからいくらでも描けると思ってんじゃない？」

「ううん。あの作品にかぎっていえば、絶対描けっこない。だって、モデルが古川宗三郎だもの。写真でさえめったに撮らせないっていう人らしいから」

「古川財閥のボスだっけ。でも奥さんのお父さんなんでしょ。だからまたモデルになるのを頼んで……」

「もうモデルにはならないんじゃない？　古川宗三郎は、あの絵を観て激怒したって噂《うわさ》がある。でも、それもわかるような気がするな。あの作品は凄《すさ》まじかった。怒りとか悲哀とか後悔とか醜悪《しゅうあく》さとか、そういうもの全部ひっくるめて、人というより、ひとりの人間の人生がすべて描かれていたもの。私、はじめてあれを観たとき、背筋が寒くなった。暗い青の色調なのに、キャンバスで人間が煮えたぎっていた。モデルの立場とか、もう一度モデルを引きうけるかどうかって、そういうのも全然、関係ないと思う。ああいう肖像を描けるのは画家の人生にとっても、きっとワンチャンスしかない。その作品が永遠に失われちゃったのよ」

「ふうん。私もいい作品だとは思ったけどさ、庄野みたいな見方はできなかった。たいしたもんだ。けど庄野に較べりゃ、うちの社長、クソだよね。最初にいった言葉、覚えてる？　全国紙二紙に紹介された作品なのにって。写真付きでともいってたかな。私でさえ、恥ずかしくなっちゃったわよ。ほんと真正のバカ」

「宇佐美先生も、態度にはださないけれど、きっとうちの社長をバカにしてるわね。マスコミもバカにしてるし」

「うちの社長はわかるけど、マスコミもバカにしてんの」

「だって取材を全然うけないじゃない。たいていの画家は、新聞あたりの取材なら嬉々として応じるのに。あのね。宇佐美先生も奥さんも両方、バツイチ再婚だって知ってる？」

「なに、それ。知らない」

「じゃあ、宇佐美先生のこと、どう思う？」

「どう思うたって、雲の上の人じゃない。才能あるし、家はお金持ちだし、奥さんは財閥の令嬢だしさ。背は高いし、けっこう渋いし、なんでも持ってる人じゃない」

「そう思うでしょ。ところがね。若いころは、すごい貧乏してたんだって」

「どうして？　だって宇佐美さんのお父さんもどっかの社長だったでしょ」

「服部重工業の会長。当時は社長だったのかな。そのお父さんから勘当されたの。まあ、よくある話よね。大企業の社長の一人息子が美術なんかにうつつを抜かしているんだもの。でね、先生は美大を卒業したあと、自活するって家を飛びだしたらしいの。ところが現実はもちろん甘くない。収入はまったくなくて、そのころは最初の奥さんに食べさせてもらってたらしいの。でも、お金をひねりだして、なんとか一度だけ貸し画廊で個展をやったらしい。当然、マスコミからもだれからも見向きもされなかった。だって、そのころはまだ二十代半ばよ。マスコミも美術評論家もまあ、無視するわね」

「そりゃそうよね。画家は、五十で赤ん坊、六十で洟垂《はなた》れ小僧ってんでしょ。七十で一人前なんて、画壇って老人クラブみたいでヘンだよ」

「そうね。日本画のほうの年功序列なんかとくにひどいわね。そこへあらわれたのが、ピエトロ・トレンテ教授」

「だれ？　その人」

「イタリアのトリノ美術大学の先生。実技じゃなくて美術史を教えているんじゃなかったのかな。たまたま銀座を歩いていて、ポスターに惹《ひ》かれてふらっとはいったらしいの。その先生はものすごくおどろいたという。こんなに若くて無名で、こんなにすごい作家がいるのかって。それで、宇佐美先生ご本人と会って、先生は彼の薦めでトリノ・ビエンナーレに応募した。それも個展に展示していた作品で。そこからさきは、あなたもよく知ってるでしょう？」

「最初に批評家大賞、次の回にグランプリだっけ。でも最初のときは、完全に無視されたのよね。若すぎるし、どうせ、フロックだろうって。グランプリもらって、ようやくというか、いきなり日本の美術界の関係者やマスコミが殺到しはじめた。たしか美術界の貴公子ともてはやされたんだよね。現金なもんだ。あれ、まだ十何年かまえのことでしょ」

「そう。そういうことがあったから、宇佐美先生は評論家とかマスコミをいまだに信用していないんじゃないのかな」

「じゃあ、なんで、その貧乏時代の奥さんとわかれることになったの」

「そんなこと知らないわよ。宇佐美先生が有名になったころは、もう離婚していたらしいもの。その後、いまの奥さんと再婚した」

「庄野、詳しいわね」

「うん、ちょっとあちこちの知りあいに訊いてみたの」

「なんで？」

「だって宇佐美先生の作品は好きだもの。うちで個展やるって聞いたとき、いろいろ調べてみた」

「ねえ、庄野さ。あんた、宇佐美さんの作品が好きなんじゃなくて、作品を描いたご本人が好きなんじゃないの」

「そんなんじゃないわよ。奥さんがいるじゃない」

「あ、赤くなってる。奥さんなんか関係ないよ。いたとしたって、とっちゃえばいい時代じゃない。否定するんなら、宇佐美さんの絵のどこが好きかいってごらんなさいよ」

「うーん、まず色調ね。北野武の映画でキタノ・ブルーってあるでしょ。宇佐美先生の作品も一時は向こうで、ウサミ・ブルーと呼ばれていたらしい。もっともキタノ・ブルーとちがって、暗すぎるブルーだけれど。それに具象とか抽象を超えてるでしょう？海外で最初に評価を得たのは、ブルーのバリエーションが大胆なのに、鋭くて繊細で、人間の切なさが、面と線に溶けこんでいたからだと思う。作品の深いところを流れているもの。風景や静物でさえも。ああいうタッチで感情を表現できる画家なら、それは国際的に通用するんじゃないのかな。それにあれは、計算した技術じゃなくて、本能が描かせている。私が、宇佐美先生はナイーブだといったのは、その本能に疑いも持たず、無邪気にしたがっているところ」

「やけに肩入れするじゃない？　けどやっぱ、庄野の言い分はキュレーターの資格持ってるだけあるわね」

「資格と絵の見方は関係ないんじゃないの」

「じゃあ、資格ついでに、あとひとつ教えてよ。『ダナエ』って、どういう意味？」

「たしかギリシャ神話にでてくるお姫様。でも、どういうお姫様かはよく知らない。レンブラント以外でも、アフロディテみたいにギリシャ神話をモチーフにしたものは多いから、いろんな画家が描いている。純潔の象徴ともいうけれど、レンブラントの作品ではずいぶん官能的だったな」
「ふうん。庄野にもさすがに詳しくないことはあるか。ねえ、お腹へってない？」
「へった。ご飯、食べにいく？」
五分後に彼女たちはでていった。背後に静寂が訪れると、宇佐美は深い吐息をついた。こんなところで、自分の半生の要約を聞くとは思ってもみなかった。不正確ではあるが、それはまあ、当たりまえの話だ。なんでも持ってる人、か。つぶやきながらふと目をおとすと、開いたままのさっきのページを自分の指がつかんでいた。

我れは何物をも喪失せず
また一切を失ひ尽せり。

宇佐美は文庫本を閉じて立ちあがった。

3

豊明画廊に電話したのは、タクシーに乗っている最中、ふと思いついたことがあったからである。訪問を一時間おくらせてほしい旨、伝えるためだが、でかける寸前の瀬田はつかまった。

自宅についたあと門をはいり、すこし考えてから、庭のアトリエでなく母屋の玄関にはいっていった。

恭子は、いつものようにリビングルームにいた。照明はスタンドのものだけで、かなり暗い。それでも彼女のすわるソファのまえのボトルがテーブルに淡い影をおとしている。室内には、バッハの無伴奏ヴァイオリン・パルティータが流れていた。その休止のわずかなあいま、恭子の手にしたグラスの氷がかすかな音をたてた。

恭子が、ドアのそばに立った宇佐美に気づいた。

「どうしたの、きょうは。アトリエに直行しないで」

「たまには気分を変えてもいいだろう」

「めずらしいことがあるのね」つぶやいた恭子が間をおき、いかにもかたちだけといった口調でたずねてきた。「夕飯は？」

「食べてきた」宇佐美は嘘をついた。

うなずいて恭子は、興味をなくしたようにグラスに口をつけた。まだ八時半だというのに、これで何杯めになっているんだろう。考えながら宇佐美は彼女の向かいのソファに腰をおろした。

「このヴァイオリン、グリュミオーかい」

恭子は質問に答えず、酔いのまわった虚ろな目をこちらに向けた。

「あなた、そこにすわるの何日ぶりかしら」

「たぶん、ひと月ぶりくらいだ」

「なにか話があるの」

「なんだか、ウイスキーを飲みたくなった」

恭子が皮肉な目で笑った。「今夜、雪でも降るのかしら。グラスを持ってきて」

宇佐美はおとなしく立ちあがり、キッチンの戸棚からとりだしたグラスを手にソファにもどった。信楽《しがらき》焼のアイスペールから手で氷をとりだすと、恭子がボトルをかたむけた。

「多すぎる」途中で、宇佐美は口をはさんだ。

「それなら最初から自分でつくるといって」

宇佐美は黙ってみずからミネラルウォーターをそそいだあと、飲まずにグラスを手のなかでいじった。

「なあ、きみには娘さんがいたな」

「なによ、急に」

「たしか真澄といったたっけ。いまいくつになってる？」

「十七歳。早生まれだから、いまは高校三年か」

彼女が即答できたことに宇佐美はすこし意外な感を覚えた。

「高校三年か。受験勉強の真っ最中でたいへんな時期だ」

「エスカレーターだから、まったく関係ないわよ。でもどうしてそんなこと訊くの。いままで関心もなかったくせに」

「最近、彼女に会ったことはある？」

恭子は首をふった。「最後に会ったのは、あの子が中学にはいったとき」

「すると、五年半ほどになるか。ずいぶん時間がたってる」

「それ、責めてるの。私の母性に欠陥があるって」

「いや、単純に質問しているだけだ。彼女はいま、どこにいる？」

「知らない」と恭子は答えた。「最後に会ったのは、横浜のホテルだった。中学校の入学祝いに三人で食事したの。父親の大西といっしょに。その話、あなたにしなかったっけ」

「聞いた」と宇佐美は答えた。「たしかそのころ、まえのご主人は平塚でクラシックの音楽教室をやっているとも聞いたよ。僕も生まれは平塚だから、その話はよく覚えている。それ以降、まえのご主人と娘さんの消息、なにか聞いていないか」

「あなたもよく知っているように」恭子がいった。「私は情の薄い女なの。興味もない。聞いてもいない」

「彼らはいまも平塚に住んでいるのかな」

「いまもおなじ学校にいるとしたら、たぶんそうでしょう。真澄の学校は横浜だから、大西がもし引っ越したとしても、きっと神奈川のどこか。でもそれなら、連絡くらいはあると思う。いくら相性がわるくても母親にはそれくらいするんじゃないのかしら」

宇佐美は大西良樹の経歴を思いうかべた。恭子と結婚した当時、彼は都内では中堅に位置する交響楽団の若いコンサートマスターだった。将来を嘱望されていたというが、音楽の世界でも浮沈は大きい。とくにバブル以降の不況で、その振幅がより大きくなり、大西のいた団体は解散したと聞いている。

「お父さんは音楽家だから、きっとそっちは身近な存在だろうが、彼女、美術にも興味は持っていたのかな。あるいはそんな気配はあったろうか」

「そんなことわからないわよ。最後に会ったのは、五年以上まえよ。でもどうして、いまそんなこと訊くの」

「いや、ふと興味がわいてさ。たいした理由があるわけじゃない」

「たいした理由があるわけじゃなくても、あらためてわかったでしょ。私がどんなに冷たい女かって。たった半年で赤ん坊を手放せる女なんだから、そんなこと以前からわかっていたと思ってたのに」

「そういう問題を話しているのでもないんだが」

「じゃあ、どういう問題を話しているの？　子どもを持ったこともないあなたが、わかれた子どもにはもっと興味を持ったほうがいいとお説教したいわけ？」

終わりかな、と思う。いや、もう終わっている。ずっと以前からわかっていたのだ。

宇佐美は突然、手にしたボヘミアンクリスタルのグラスを投げつけたくなった。彼女に向けてではなく、自分の愚かさに向けて。その衝動が後悔そのものであることは知っている。かろうじて自制し、ふたたび口を開いた。

「子どもの話はもうよそう。あとひとつたずねたいんだが、きみは最近、お義父さんと会ったことはあるか。僕はふた月ほどまえ、電話で話しただけで、正月以来、会ってないんだが」

「なによ、急に。あなた、きょうはどうかしているんじゃない？」

「お義父さんに最近、会ったことはあるかと質問してるんだ」

突然の荒々しい語気に、恭子はおどろいた目でこちらを見かえした。彼女はこれまで、宇佐美のこんな態度の変化は見たことがなかったはずだ。やがてつぶやくような声が聞こえた。

「……ひと月まえに会ったわよ。実家に帰ってたとき」

「元気か」

「相変わらずよ。あの歳で毎日、丸の内まで出勤してる。もっとも近ごろは出かけるのがおそくなって、十一時くらいらしいけど」

「帰宅するのも、例のごとく七時くらいか」

「そう。判で押したようにいつもおなじ。むかしのように銀座にも寄らないから、運転手もラクしているんじゃないの。それ以外は、まったく外出しないし」

宇佐美は、義父の年齢を頭のなかで数えた。今年、七十六歳になる。古川宗三郎の現在の肩書は、グループの中核企業、興和銀行の最高顧問のみで、いまも彼がかようのは銀行本店にある顧問室だった。宇佐美はその豪華な一室で、あの肖像を描いたのだ。敷物なんぞ汚れてもいいといわれたが、イーゼルが不安定になるため、わざわざ分厚い絨《じゅう》毯《たん》をまくりあげ、そこに三脚の足場をおいた。ふと懐かしさを覚えたが、考えてみれば、まだ二年まえの話である。

「お義父さん、出勤以外にも外出することはあったろう。ほら、土曜の句会。あれは、どうしてる」

「ああ、あれね。あっちのほうも相変わらずつづけているみたい。でも運転手は関係ないじゃない。あんなに不便なのに、土曜だけはいまだに電車をつかっているもの。恰好つけるのもいい加減にしたらって忠告したんだけど、あのとおり頑固だから」

それはきみのお父さんが常識をわきまえているからだ。考えたものの、口にはしなかった。句会の開かれるのは駒沢大学駅近くにある俳句誌主宰者の自宅らしい。だが、参加者はなにも古川宗三郎のように豊かなものばかりではないだろう。十人程度集まるというが、そこへひとりだけ黒塗りのクルマで横づけすると、逆に肩身が狭くなる。会のあとは必ず居酒屋に流れる習慣があるとも聞いた。そこではふだん飲まない焼酎を飲むのだが、これが存外うまいんだよ。小学校の先生から大工の棟梁《とうりょう》までいるんだが、あの仲間たちとの雑談が、いまの私にはもっとも楽しいひとときといっていい。義父はそういって笑った。あの肖像を描いていたころの話だ。

つかのま宇佐美は考えた。恭子にたずねたいことはまだいくつかある。彼女の父が出勤でなく、土曜にでかけるときはいつも何時ころか。「ダナエ」という名を知っているか。そもそも、きみはギリシャ神話を読んだことがあるか。だが質問したところで、徒労感が残るだけだろう。

「わかった」と宇佐美は立ちあがった。「邪魔をした。じゃあ、僕はそろそろ仕事にもどる」

恭子はうなずいただけで、ふたたび自分のグラスを見つめた。

宇佐美はもう妻には目を向けず、リビングを抜けてドアをでた。庭を歩き、アトリエに向かいながら、そういえばウイスキーは一滴も飲まなかったなと気づいた。それからもうひとつのことを考えた。ひょっとしたら、恭子は実父を憎んでいるんじゃなかろうか。古川宗三郎が、政界にも影響力を持つ大物財界人であることは世間に知れわたっている。だがその顔とはべつに、幅広い文人としてのひそかな趣味さえ持っていなければ、おそらく以前の音楽家や自分のような画家を知ることはなかった。その男ふたりが、彼女の夫になるという経過をたどることもなかったはずだ。宇佐美の場合は海外で偶然、再会したのだが、あれが致命的なまちがいの始まりになった。

十時ちょうどに瀬田がやってきた。宇佐美が厳重に指示していたように、これまでの何度かの来訪と同様、母屋に接触しないで庭を抜け、このアトリエまで直行したようだった。

宇佐美をおどろかせたのは、アトリエにはいるなり、瀬田がフローリングの床にひざまずき、深々と頭をさげたことだった。

「宇佐美先生。本日はまことに申しわけございませんでした」

瀬田の態度は、あの受付の女性ふたりもいっていたように、事件後の井口の振舞いを考えてのことだろう。杜撰《ずさん》といえないまでも、社長として多少、発言に問題のあったことは事実だ。豊明画廊で個展を開けるとなれば、大喜びする画家が圧倒的多数である以上、その優越的立場からくる影響が随所にあらわれているとは思われた。もし井口がいあわせなければ、すでにギャラリーで瀬田はこんなふうに詫《わ》びていたにちがいない。

「頭をあげてください。瀬田さん。なにもあなたがわるいわけではない」

「いえいえ、ギャラリー内の管理責任は私にございますし、ひいては豊明画廊が全責任を負うべき立場でございます。本来なら井口がまいるべきところ、まことに僭越《せんえつ》ながら、私からあらためて深くお詫び申しあげます」

「そう恐縮されると、こちらこそ立場がない。ほんとうに気にしないでいただきたい」

さすが豊明画廊の大番頭だった。平謝りをつづける瀬田を立ちあがらせ、アトリエの片隅にあるかんたんな木製の応接セットに移動させるのには、骨が折れた。

この瀬田にならどうせ、飲み物をすすめたところで遠慮するだけだろう。宇佐美は事務的にいった。

「例の作品の代替は選んでおきました。お持ちください。タイトルはたんに静物でけっこうですが、あれを売る気はありません」

壁際を指さした。そこには、六十号の静物がたてかけてある。このアトリエにはいるまえ、隣接した倉庫から引きだしておいたものだった。

瀬田は一瞬おどろいた表情を浮かべ、ついで目を輝かせた。「これはまた、すばらしい作品で……」そういったまま絶句し、吸いよせられたようにその作品を見つめている。

一般的に画廊サイドの人間には、作品への自身の評価を軽視する傾向がなくもない。売れるかどうか、営業的判断が優先するためで、号いくらなどという規準も日本だけのものである。なかにあって、瀬田は自分の作品評価を重視できるひとりだと宇佐美は考えていた。その六十号は、宇佐美自身、自分が観るためだけにとっておいたものだ。人の評価を聞きたくないという、ただその理由だけでしまいこんでいたのである。構図は単純だった。古いテーブルに壊れたアコーディオンと古い石油ランプがのっている。それだけだ。そして、暗い青が全体の基調だった。宇佐美が青の色調にこだわりはじめ、そのトーンがようやく完成したころ、十年ほどまえにしあげて満足を覚えた記憶がある。ただ、この満足は作品の満足にすぎないと考えた苦い思いも残っている。

ようやく瀬田がこちらを向いた。

「痛みいります。代替などと申すには、もったいないほどの作品で……」

それ以上、瀬田はなにもいわなかった。なぜ最初からこの作品をとか、あれこれ批評めいた言葉や質問を口にはしない。画家の領域には一定の距離をおく、画商の番頭の立場をわきまえている。

「あのう、先生」

「なんでしょう」

「少々、お時間はございますでしょうか」

「僕はいいが、搬送のご用意は？」

「大型のバンを近くの大通りに待機させております。梱包《こんぽう》素材はドライバーと助手に運ばせますが、私が呼ぶまで待つよう申しつけてございます」

時間をたずねたのは、金銭問題か。夕刻に起きたばかりの事件で、もしこの機会に持ちだすのなら、それは瀬田の意志ではなく、井口の命によるものだろう。

「なんのご用件でしょう」

「被害をうけた作品のモデル、古川宗三郎さまのことでございます」

「なるほど」

宇佐美もその指摘で、事情はすぐ腑《ふ》におちた。画商は政界、財界ととくに関係が深い。純粋な美術愛好家でも資産家である以上、なんらかのかたちでそういった方面とのかかわりは持っている。モデルは、まさしく彼らの中枢《ちゅうすう》にいる大物だった。その人物の肖像が損壊されたのだ。くだんの作品が新聞をはじめとしたメディアで紹介された以上、信用問題が、豊明画廊に壊滅的な影響を与える可能性はちいさくない。

そういう話なら井口自身がここにいるべきだが、自分の手に負えないと判断したのか。あるいは責任を回避するため、ベテランの瀬田にすべてを委《ゆだ》ねたのか。考えていると、宇佐美の思いを読みとったような瀬田の声が聞こえた。

「本来であれば、井口ともどもここにお伺いすべきところ、じつを申せば、現在、井口は緒方知之さまのお宅に向かっております」

「なるほどね」

宇佐美ははじめて不快な気分を覚えた。緒方知之は財界総理と呼ばれる存在だった。画壇をかこむ環境から事態を隠しとおし、モデルに詫びをいれるため、古川宗三郎と気脈をつうじて話せるのは、たしかに緒方知之クラスしかいない。井口が緒方に相談、というより口利きの依頼にいったのはうなずけない判断ではなかった。だがそれは、豊明画廊の立場にたっての話だ。おまけに警察を呼ばなくていいという宇佐美の独断が出発点になっている。あのとき宇佐美は、豊明画廊に大きなチャンスを与えたともいえる。

「瀬田さん」と宇佐美は呼びかけた。「おっしゃりたいことはわかるが、物には順序というものがあるでしょう」

「申しわけございません」

ひと言いったきり瀬田は低頭し、そろえた両手のあいだで額をテーブルの表面にこすりつけた。そのままじっと動かない。薄くなった頭頂の地肌を眺めながら、宇佐美はおおよそのいきさつを悟った。瀬田は、まずここを来訪し宇佐美に再度、謝罪すべきだと井口の説得につとめたにちがいない。ところが井口の判断はべつの方向へ向いた。事の次第は、まずそのあたりだろう。事実がそうであっても、瀬田はけっして口にはできない立場にいる。

「僕のギャラリーでの態度が問題だったかな。あのせいで、井口さんが気楽に考えすぎたかもしれませんね」

「いえいえ、そのようなことはけっしてございません」

「だいたい事情の見当はつきますよ。瀬田さんを困らせても仕方ない。僕のほうから、義父にはなにもいいません。ですから、モデルへの説明はそちらのほうにすべて、おまかせします」

「まことにありがたいお言葉で、心より感謝申しあげます」

「あのですね。それより瀬田さん、頭をあげてください。瀬田さんに較べると、これでも僕は若造ですよ。そんなふうになさっていると、居心地がわるくて仕方ない」

「失礼いたしました」

ようやく瀬田は頭をあげた。額に汗が光っている。

宇佐美は苦笑した。

「しかしたいしたものだな、犯人のあの子も。大のおとな、それも世間ではお偉方と呼ばれる大勢の人物を右往左往させているんだから」

「さようでございますね。ではそろそろ搬出の用意をさせていただきます」

肩の荷を降ろしたように、ようやく瀬田はスーツのポケットから、携帯をとりだした。待機しているドライバーへの連絡を宇佐美はぼんやり聞いていた。

瀬田たちが梱包を終え、立ち去ったあと、アトリエはがらんとなった。人がやってきたあとは、いつもこういう空気が訪れる。八十平米ほどのロフトタイプで、もう手狭になっているが、それはベッドや本棚といった生活家具が増えたせいだ。パソコンといった事務用品もある。隣接した倉庫もこれとおなじ広さだが、そちらはもう満杯だった。いま宇佐美は、母屋と無関係にここ、アトリエと倉庫の行き来で暮らしていた。だが都心の一等地で、倉庫付きのこのアトリエを狭いというのは贅沢《ぜいたく》にすぎるだろう。自分はこのアトリエと結婚したようなものかもしれないなと宇佐美は考えた。

4

「なにを探しているの」

「宇佐美先生……」

驚愕《きょうがく》した表情を浮かべ、名を小声でつぶやいたきりで、彼女はこちらを見かえしている。思わず声をかけた宇佐美自身もおどろいていた。まさか本屋で、きのう話を盗み聞きした女性のひとりに出会うとは思ってもみなかった。しかしあれも、盗み聞きというのだろうか。

文庫の棚のまえだった。ショートカットの、キュレーターの資格を持つという庄野が立っていた。スカートは受付の制服のままだが、ブラウスの上にはセーターを重ねている。

ようやく彼女が声をあげた。

「探している本は、どうも売り切れのようでして」

「なんの本だい」

「ギリシャ神話です」

宇佐美は微笑した。「庄野さんだっけ。きみは、これから昼休み？」

庄野はこっくりうなずいた。宇佐美は時計を見た。十一時だ。

察したように彼女がいった。「きょうは二時にクローズですから、ローテーションで早めに食事をとる予定になっております」

「それなら、ごちそうしてあげようか。といってもこの時間に僕は食事しないから、もし喫茶店の食事でよかったら」

彼女の目が輝いたようにみえたが、それはきのうの話を聞いたための錯覚かもしれない。

「光栄ですが、先生はギャラリーにいらっしゃらないでよろしいんですか」

「どうせ、二時に間にあえばいいんだ。それに……」宇佐美はそこで思わず笑い声をあげた。「たぶん、きみの知りたいことを教えてあげられると思う。こっちも知りたいことがある」

　庄野は小首をかしげ、それでもこっくりうなずいた。

　我ながら人がわるいな、と宇佐美は思う。庄野を連れてはいったのが、きのうの喫茶店だったからだ。しかし、ほかに適当な店を知らない。ここでは昼どきのランチメニューを見たことがあった。

「この店にはよくくるの」

　テーブルについてから宇佐美はたずねた。

「ええ、ときどき」庄野が答えた。「いつもは仕事が終わったあと、同僚の長谷川とまいります」

　宇佐美は彼女の表情をじっと見つめてから、この娘は嘘をついてはいないなと考えた。もちろん、きのう話を盗み聞きした件は打ちあけられないが、あのときの話しぶりから絵の話はできる。

　庄野はオムライスのランチを注文した。宇佐美はコーヒーだけ頼んだあと、すぐ切りだした。

「きみがギリシャ神話を探していたのは、ダナエのことを知りたかったからじゃないの」

　庄野は目を丸くして、こちらを見かえした。

「おどろきました。おっしゃるとおりです。でもなぜ、おわかりになったんでしょうか」

「かんたんな話じゃないか。きのうの事件があった直後、井口社長と僕はダナエのことを話題にしたが、きのうのきょうだ。きみも絵画に関心があるのなら、エルミタージュで起きたレンブラントのダナエ事件を知っているんだろう？」

「存じております」

返答がそれだけだったので、宇佐美は感心した。この娘は、友人の質問には答えても、その知識をみずからひけらかそうとはしない。逆にうしろめたさを覚えた。宇佐美の話は推測でなく、きのうの女性ふたりの会話を偶然、耳にしたその結果にすぎない。

「あの手口はエルミタージュの事件そっくりだった。で、そのモチーフになったダナエという女性の正体はどういうものか、調べようとした。まあ、そのあたりだと、だれでも見当はつく。画壇関係者はギリシャ神話に疎《うと》いからさ」

「ご指摘どおりです。お恥ずかしいかぎりですが、美術、とくに西欧ではギリシャ神話の登場人物を素材にした作品はずいぶん多いのに、その人物のエピソードやモチーフになった由来を私はほとんど知りませんでしたので」

彼女のオムライスが運ばれてきた。手をつけようとしないので、宇佐美がどうぞ、と促すと、彼女はようやく、失礼します、そういってスプーンを手にとった。

「あのさ」宇佐美はコーヒーを啜《すす》りながらいった。「そう固くならないでくれないかな。こっちの居心地がわるくなる」

「かしこまりました」

「かしこまりました、でなくて、わかりました」

庄野は口に手をあて、はじめて声をあげながら笑った。

「わかりました」

「オーケイ。それなら、ダナエについて話してみよう。ギリシャ神話は登場人物が多すぎるし、エピソードのそれぞれがどこかで関係していて、物語がひどくややこしい。おまけにテキストによっても微妙な差がある。できるだけ絞ってみるが、きみはペルセウスは知ってるかい」

彼女は首をかしげた。「名前だけは聞いたことはございますが、よく存じておりません」

「まだ、ございますが気になるな。じゃあ、メデューサは知っているだろう？」

「ええ」彼女はうなずいた。「髪の毛が蛇で、彼女を見るものはすべて石に変えてしまうという、あの怪物ですね」

「メデューサも、もともとはたいそうな美人で、魔法をかけられてそうなったんだが、それはまあ、おいとこう。そのメデューサを退治したのが、ペルセウスだよ。ペルセウスの母親がダナエだった」

庄野は、話に引きずりこまれたように、口に運んでいたスプーンをとめた。宇佐美はかまわず、話しはじめた。

出自の流れは省くが、アクリシオスという王がいた。彼の子どもは、娘のダナエひとりだった。そこで、王が男の子を授かる可能性について神託を伺ったところ、娘のダナエから男の子が生まれ、その子が将来、祖父のアクリシオスを殺すだろうとの予言を告げられたんだ。おどろいた王は、ダナエに子どもが生まれないよう、高い塔に青銅の部屋をつくり、そこに彼女を幽閉した。ところが大神ゼウスが彼女を見初《みそ》め、黄金の雫《しずく》になって部屋に侵入し、彼女と交わったという。その結果、生まれたのがペルセウスだ。アクリシオスは困りはてたものの、まさか自分の孫を殺すわけにもいかない。そこで、ダナエと赤ん坊のペルセウスを箱に閉じこめ、海に流すことにした。ところがふたりは島に漂着し、生き残った。

「このあとも母と息子の物語は長々とつづいて、メデューサ退治の逸話もそのひとつにすぎない。彼らの話全体も、ギリシャ神話のほんの一部なんだ。ただいっておくと、ギリシャ神話にはいろんな人の手がはいっているから、細部にはさまざまなバリエーションがある。そもそもギリシャ神話はディテールがなくて、あらすじの集大成といっていい。だけどあらすじというなら、この部分はおおむねどれも一致しているね」

庄野は感心したようにうなずいた。「やはり、ギリシャ神話は自分で読んだほうがよさそうですね」

「そう思う。絵画作品も、新しい角度で観ることが可能になる」

「勉強になります。図々しいのですが、ひとつお教えいただけますでしょうか。そのアクリシオスという王は神託どおり、孫のペルセウスに殺されることになったのですか」

「そういう結果になった。ペルセウスがあるときスポーツの競技会に参加して五種競技で円盤投げに挑戦したんだ。するとその手元が狂って、円盤が観客席に飛びこんだ。それがたまたまひとりの老人に当たり、その観客は死んでしまった。これがアクリシオスだったんだ。ペルセウスが故意に目がけて投げたというテキストもあるが、偶然のほうが僕はおもしろいと思うな」

庄野はゆっくり首をふった。「絵画作品のモチーフになる人物にも、背景にはずいぶん奥の深い物語があるんですね」

宇佐美はうなずいた。「ちなみにヘラクレスあたりも、ペルセウスの直系の子孫だ。つまりはダナエの血を引いている。だからエルミタージュのダナエひとつとってみても、レンブラントがダナエを描いたとき、こういった物語の総体をレンブラントがどんなふうに考えていたか。そういう視点を持ちこむと、作品の見方がもっとおもしろくなるかもしれない」

庄野が深々と頭をさげた。「ありがとうございました。じつは私、キュレーターの資格は持っているのですが、アートマネージメントが中心で、そういった方面の勉強がまったく不足しておりました。ほんとうに参考になりました」

「オムライスがまだ半分残ってる」

宇佐美が笑って指さすと、庄野も笑った。だがスプーンに手をつけようとはしなかった。

「あのう」

「なんだい」

「さきほど、先生ご自身も知りたいことがあるとおっしゃいました。あれはどういうご用件でしょう」

「えーっとね。その先生も、やめてくれないかな。さん付けでいいんだが」

「それはちょっとお許し願えませんか。私、不器用ですから」

「わかった。まあ、いいや。じゃあ訊くが、井口社長もふくめて、きみたち豊明画廊の人たちは、僕が犯人の女の子と電話で話すのを聞いてたろう？　あの会話はどの程度、耳にはいった？」

「半分と少しくらいでしょうか」

「できるだけ正確に再現してくれないか」

「かしこまり……、わかりました」

かすかな笑みを浮かべ、庄野は話しはじめた。だが話がごく短時間で終わると、あらためてあの子との会話がその程度のものであったことに気づかされる。

「それ以外はなにも聞こえなかったんだね」

「ええ」

ほぼ予想どおりだ。すくなくとも予行演習や本番という言葉は聞こえなかったらしい。そもそも耳にはいっていたのなら、きのうの彼女たちの会話や瀬田がやってきたとき話題にならないはずがなかったのだ。だがこれで確認はできた。

宇佐美が考えていると、庄野の声が聞こえた。

「あのう、こういうことを申しあげると、まことに失礼なのですが、宇佐美先生は、さきほどギリシャ神話をダナエでなく、ペルセウスを中心にお話しくださいました。昨日の事件とのかかわりをお考えなのでしょうか」

宇佐美は目をあげた。

「どうして、そう思う」

「なんだか因縁めいたお話ですから。さらにエルミタージュとの関連を考えれば、あの女の子は、歳にしてはそうとう知的なところがあるかと思われます。それなら、ギリシャ神話のことを知っていても不思議ではありませんでしょう?」

「きみはおそろしく鋭いな。そう、彼女の話し方はかなり知的だった。背伸びしている印象はなくもなかったけどさ。ダナエのことだって、それほど知られた話とはいえないが、画壇以外での神話のほうでの知識が一般的だと思う。なにしろ、文献が多い。その気になれば、どんな図書館にもギリシャ神話の関連図書くらい、おいてあるだろうから」

「すると懸念はさらに深まる。ひょっとして先生はそんなふうにお考えでいらっしゃいませんか?」

「どうして?」

「財界では有名な古川宗三郎氏がモデルになってらっしゃいます。現代日本では、アクリシオスのように王と呼ばれておかしくないお立場といえないでしょうか」

宇佐美はおどろいて、庄野をまじまじと見かえした。彼女の思考回路は、宇佐美自身のものとほとんど重なっていたからだ。今後、古川宗三郎自身が危害をくわえられる可能性まで視野にいれている。それでもはじめて気づいたというふうにたずねてみた。

「……ギリシャ神話のひそみに倣《なら》う、ということかな」

「いまのお言葉でわかりました」彼女がいった。「男女の違いはあるものの、例の女の子は、古川氏とゆかりのあるどなたかでいらっしゃって、その人物がペルセウスに該当するのではないかと先生はお考えになったのではありませんか？　それもあの事件直後に直観されたのではないでしょうか」

宇佐美は内心、感嘆を覚えたが、黙ってつづきを待った。

「もしそうであれば、宇佐美先生の犯人への電話での接し方も、警察への通報を拒否されたのも、すべて納得できますから。つけくわえれば、あの肖像を傷つけること自体、円盤投げに等しい代償行為と考えることも可能です。ただそれでしたら、もうすべては終わったことになりますが、先生はまだなにかを心配されていらっしゃるようにお見受けいたします。もし、これが錯覚でしたら、ほんとうに失礼なことを申しあげたことになります。お許しください」

宇佐美は深い吐息をついた。この娘を食事に誘ったために、墓穴を掘ったのかもしれない。事件直後に直観したわけでもないのに、深読みもされている。さて、どうするか。

ふとある考えが浮かんだ。くだんの女の子の姿を再現できるほど詳細に目撃したのは、この娘と長谷川というふたりの女性だけだ。それに彼女には、ひどく聡明なところがある。一瞬のち、結論が生まれていた。

「いま、きみからあった話については、ノーコメントということにしておきたい。ただひとつだけいっておくよ。これは口外しないでほしいんだが……」

庄野は首をかしげ、黙ってこちらを見つめている。

「あの子によると、きのうの一件は予行演習だそうだ。近々、本番があるので楽しみにしてほしい。そんなことを彼女は僕に話していた」

庄野は目を丸くした。なにか口にしようとしたが、そのまま黙りこみ、ゆっくり首をふった。

「もうひとつだけ正直に告白すれば、きみのいったとおりのことを可能性のひとつとして考えていないわけでもない」

「可能性のひとつと申しますと、ほかには？」

「いろいろ考えられるさ。そりゃ、もちろん僕があの子に恨まれている可能性がもっとも高いだろう。理由の見当はつかないけど、まあ、これが本命だろうね。もうひとつ、目的は豊明画廊だった可能性もある」

「豊明画廊が？」

「ああいう事件が公になれば、画廊のダメージはちいさくないだろう？　モデル問題があるので、財界はじめ、従来の顧客層の多数からそっぽを向かれるかもしれない」

庄野ははじめて気づいたように、口に手を当てた。

「もっとも、この可能性はさほど高くないけどね。いくら知的なところがあるといっても、高校生くらいの女の子がそこまで社会的な仕組みを知っていて計算したとは思えない。ところで、きみは携帯電話を持っているかな」

「ええ、持っておりますが」

「番号を教えておいてくれないか。ちょっとした頼みごとをお願いするかもしれない。もちろん忙しいとか、負担に思うようならそのときは断ってくれていい。けっして無理じいはしない。念のためにいっておくが、きみをナンパしようなんて考えているわけじゃないよ」

「そんな……」彼女の顔がふいに耳元まで赤く染まった。「ですが、もし私ごときで役にたつとお考えのようなら、なんでもお申しつけください」

彼女はちいさなバッグから名刺をとりだし、そこにボールペンで携帯の番号を記したあと、テーブルにさしだしてきた。うけとって眺めると、豊明画廊の名刺だった。彼女の名前に目がとまった。

「きみは、庄野紗枝《さえ》さんというのか」

「ええ、それがどうかいたしました?」

「いや、なんでもない。ありがとう。じゃあ、頼みごとをする場合、携帯にかけていいのかな」

「けっこうです」そういって彼女は時計を見た。「あの、まことに申しわけございませんが、そろそろ時間が……」

「ああ、そうか。失礼した。どうぞ。きみにはもっと早くにもどってもらうべきだった。僕は残るから」

「先生は何時ごろギャラリーにいらっしゃいます？」

「ちょっとわからない」

「例の事件がありましたので、二時の閉展後、私たちが花束を贈呈する予定のなくなったのが残念でなりません」

「そうらしいね。ほんというと、もうギャラリーをのぞく気分じゃなくなった。顔をだすかどうかもわからない。今度の個展じゃ、豊明画廊に心から感謝したいというわけでもないしさ。どっちにしろ、あとで事務所のほうに電話しておくよ」

うなずいて庄野は立ちあがった。すこし迷っている気配がある。そのようすを見て宇佐美がレシートをとると、彼女は、ごちそうさまでございましたと深く頭をさげた。それからようやく心を決めたように声をあげた。

「きょう展示された先生の静物作品は拝見いたしました。ひと目見てあれほど感動したことは、私、これまでにございません。たった半日の展示でも、まれな幸運に出会えたと考えております」

ふたたび頭をさげ、彼女は店をでていった。そのうしろ姿を見おくったあと、宇佐美はもう一度、名刺を眺めた。紗枝という名は、べつの人物を思わせる……。宇佐美は、名刺をジャケットのポケットにいれてあった詩集にはさみこんだ。ギャラリーに立ちよる気分は、その瞬間に失《う》せた。

目をあげると、彼女の立ち去ったあとに空白の残っているような気がした。その空白に長いあいだ、目をやっていた。

5

「これだけ情報があれば、それほど時間はかからないと思いますよ」

「どれくらいでしょう」

「まず一週間といったところでしょうか」

「きょうは火曜ですね。なんとか金曜までにお願いできませんか」

所長の財田は眉根をよせた。

「それなら、実質三日しかありませんが」

「調査費のほうはいくらかかってもかまいません」

「いえ、調査費の問題でなく……」

かなり狭いが、きちんとした応接室である。依頼人のプライバシーを尊重できるようにはなっている。最初にやってきたときも、社員デスクは数人分しかなかったものの、田町の高層ビルにあるオフィスは、だれもが持つ従来の興信所のイメージを払拭《ふっしょく》する近代的なものだった。もっともこの構えは来客、つまりは依頼者の心理状態を計算してのものだろう。

ここは、顧問弁護士の塚原から紹介された。午前中、法廷にでていた塚原のつかまったのが十二時半で、いまは二時まえ。デビュー時から個展が海外でスタートし、欧米流絵画ビジネスに慣れざるを得なかった宇佐美にとって、契約関係にかんして塚原とのつきあいはずいぶん長い。司法界でも数少ない、海外折衝をこなす能力を持つ彼の紹介した興信所が、この財田調査企画だった。中小企業レベルの信用調査も可能だという。

「わかりました。一部は順調にいけばなんとかなるかもしれません。しかし確約はいたしかねます。それでよろしいですか」

見通しを安直に語らない配慮が、信頼感を与えるコツだと、財田は承知している。逆に安堵《あんど》を覚えながら「一部とは？」と宇佐美はたずねた。

「再確認しますが、宇佐美先生のご依頼は以下の項目ですね。第一点、奥様の前夫でいらっしゃる大西良樹氏の現住所と近況、とくに財政状態。第二点、奥様と大西良樹氏のあいだに生まれたお嬢さん、真澄さんの近況、とくに趣味、交遊などの生活習慣。この二点を調査のうえ、第三点として、真澄さんの写真を取得する」

「そのとおりです」

「第二点に時間がかかりそうです。場合にもよりますが、一定期間はウォッチする必要の生じる可能性が高い。高校三年生なら週日と週末だけでも、行動パターンにちがいはあるでしょうから」

「それは理解できます。でしたら、金曜段階で判明した結果だけでけっこうですから、途中経過を連絡いただけますか。とくに写真を早急に手にいれたい」

「承知いたしました。写真については、住所さえわかれば、撮影はさほど困難ではなかろうかと思います」

「では、よろしく」

宇佐美は立ちあがった。財田の応対は合理的だ。依頼人にさほど罪悪感を覚えさせない技術も心得ている。もし、今回の件でここがいい仕事をするようなら……。宇佐美は考えた。おちついたあとに、長年抱えている屈託についての調査を依頼してもいい。この間、なぜかそのことがしきりに気にかかる。あるいはその結果によって、重要な転機がやってくるかもしれない。

時計を見た。いまごろ、豊明画廊では客が去り、すでに作品搬出の準備がはじまっているだろう。だがもう、個展への関心は露ほどもない。瀬田から携帯に連絡はあったが、その際、ギャラリーには立ちよらない旨、告げてある。瀬田の話では売約希望を拒否した一点、きのう提供した静物だけが、夕刻、自宅のアトリエにもどるということだったが、夜九時以降にしてくれと話をかえした。瀬田はまだなにかいいかけたが、そのまま携帯を切った。

宇佐美はタクシーに乗り、丸の内と告げた。

興和銀行本店まえで降りると、オフィス棟のほうへ歩いていった。

受付の女性は三人が全員、二年まえに宇佐美が毎日かよっていたころと顔ぶれが変わっていた。

「宇佐美と申しますが、古川顧問をお願いします」

ネクタイもしめていないジャケット姿の宇佐美が声をかけると、応対した女性の顔に緊張が走ったようにみえた。二年まえの最初のころとおなじだ。さまざまな団体の人間が、面会を強要することがあるせいだと聞いている。

「どちらの宇佐美さまでございましょう」

「宇佐美真司でわかると思いますが」

「お約束は、おありでございましょうか」

「いえ」

最高顧問の来訪者予定表は受付にもまわっているという。頭取にもとられていない措置らしい。だが人に会っているとき以外、新聞か歳時記を読んでいる姿しか宇佐美は見たことがない。いずれ暇をもてあましているだろうと考えたのだが、やはり事前に電話しておくべきだったかもしれない。受付の女性は内線で連絡をとりはじめたが、やがて話し終え、少々お待ちくださいませ、と告げた。

手持ち無沙汰《ぶさた》で立っていると、見覚えのある男がエレベーターから降り、こちらにやってきた。秘書室長の田村だ。

「これは、これは宇佐美さま。御無沙汰しております」

田村が低頭した瞬間、受付の女性たちのあいだに、ほっとしたような空気が流れた。七階の顧問室まで田村が案内し、部屋にはいったときには宇佐美自身も思わずため息を洩《も》らした。

「どうした。いきなりやってきて、ため息か」

歳時記を開いていた古川宗三郎はデスクの席から立ちあがり、立ったままの宇佐美を応接セットのソファへ促した。腰をおろすと、宇佐美はようやく口を開いた。

「いえ、たんにご機嫌伺いに立ちよっただけなんです。しかし、ここへくるたび、要塞《ようさい》を突破するような気分になる」

古川は、宇佐美の向かいにすわりながら、かすれたような笑い声をあげた。

「ご機嫌伺いとは、どういう風の吹きまわしだ。ひょっとして、私の肖像が関係してるのか」

「肖像？」宇佐美はおどろいて身を乗り出した。緒方知之が動くとしても、まさかきのうのきょうということはないはずだ。財界総理もそれほど暇ではない。「あれについて、なにかあったんですか」

「けさ、電子メールとやらがはいっていたというな」

「まさかお義父さんがメールアドレスを持っているわけではないでしょうね」

「当たりまえだ。私にはよくわからんが、秘書室にはいったそうだ。読むか」

宇佐美はうなずいた。

ちょうど女性秘書のノックがあり、コーヒーを手にはいってきたので、古川が「例のメールとやらを」と彼女に告げた。

すぐそのプリントアウトが運ばれてきた。デスクにおかれたA4一枚のペーパーを宇佐美は手にとった。

宛先は秘書室だった。受信時刻はけさの七時まえ。フリーアドレスをつかった差出人は、美術愛好家。タイトルは、お知らせ。

興和銀行秘書室気付
最高顧問　古川宗三郎様
貴方様の肖像は昨日、物理的化学的に徹底的に破壊されました。
修復は不可能です。次になにが起きるか、お楽しみに。
美術愛好家

宇佐美はしばらくその文面を眺めていた。昨夜、瀬田には、モデル当人に事情は知らせないといったものの、こうなれば話はべつである。宇佐美の一存で判断する領域は超えた。

「警察に知らせますか」

「いや、いい」

「どうしてですか。お義父さんにその方面の事情はわかりにくいかもしれないが、このメールはたぶん、ネットカフェあたりから発信されています。通信の秘密があるので、送信者の身元を調べられるのは、警察くらいしかありませんよ」

「警察なんぞ煩《わずら》わしいだけだ。御免こうむる」。

苦笑が洩れた。きのう宇佐美自身がとった態度とまったくおなじだ。いま思えば、警察への通報を拒否したのは、無意識のうちに義父のこの態度を予期したのが背景にあったかもしれない。すくなくともモデル問題に気をつかう必要を覚えなかったのは事実である。メディアも殺到するとなれば、あとでどれほどの文句をいわれるかわからない。べつの角度でいうなら、似たような発想をするからこそ、この義父とは気があうのだろう。

「それに」と古川の声がつづいた。「なにかが起きるというなら、一種の楽しみが生まれたという考え方もできる」

「このメールを読むかぎり、お義父さんに危害のおよぶ可能性もあるようですよ」

「それもまた一興。刺激的な見ものとはいえんか？」

「刺激的な見もの、ね」

「しかし、あの肖像画が破壊されたのは、どうやら事実のようだな」

「どうやって確認されました？」

「この文面を見て、けさ、秘書室長の田村がギャラリーまで足を運んだらしい。報告をうけたところ、例の肖像画のかわりに、べつの作品が展示されているということだった」

「なるほど」と宇佐美はいった。「しかし、例の肖像画のかわりに、とおっしゃるからには、これまでにも田村さんはギャラリーにいったことがあるんですか」

「知らん」古川はぶっきらぼうに答えた。「それにしても、あの作品は惜しいことをしたな。傑作だったのに」

「じつはその件について、きのう小耳にはさんだ噂があるんです。これがなかなかおもしろいので、ご報告しておくと、あの肖像を観て、お義父さんは激怒した。世間では、そういう話になっているようですね」

「ふむ」古川は、はじめてかすかな笑みを浮かべた。「当たらずといえども、遠からずだな。まあ、モデル自身が傑作だと認めたところで、さほど意味はない」

「しかし、絶対に手元におきたくないとはおっしゃった」

「当たりまえだろう」

あの作品が完成したとき古川はひと目観て、私自身が丸裸にされたようだ、まるで素っ裸の肖像じゃないか。ふだんどおりのスーツ姿であるのに、そんな感想を洩らした。私が隠しておきたいものを、きみは全部さらけだしてしまった。これが傑作であるのを認めるにやぶさかではないが、私は二度とこの作品は観たくない。世に問うのはかまわんが、その場合は私の目のとどかないところでやってくれ。だから今度の個展で出品を迷った際も、電話で可否は問いあわせたのだ。すると予想どおり、展示はきみの自由だから、私の関知するところではない。私が会場にいかなければすむ話ではないか。そんな返事がかえってきた。

「犯人には興味も関心もないが、あの作品がこの世から消えたのは、少々複雑な気分ではあるな」

古川がつぶやき、ようやく宇佐美は肚《はら》を決めた。

「その事実をご存じなら、話は早い。あの作品が傷つけられたのは、もちろん僕自身への恨みが動機になった結果と想定できます。ですが、これまでもいろんな観点から、モデルへの恨みということも考えられなくはない状況があったんです。それがここへきて、こんなメールまでお義父さんのところへ送られてきた。いまはそっちの可能性もそうとう大きくなったと判断せざるを得ません。つまりは、肖像作品同様、お義父さんご自身が襲われる危険もある」

古川は鼻を鳴らした。「まあ、私を恨む人間や殺したいと憎む人間の数は、二桁《けた》ではすまんだろう。金貸しとは、そういうものだ」

「仕事との関係はおくとしても」宇佐美はいった。「身辺にじゅうぶん注意をはらっていただきたい。じつのところ、この要望がきょうここへやってきた理由のひとつなんです」

「私が危害をくわえられるというのか。それも差し迫った問題と考えているのか」

「断言しているわけではない。可能性は排除できないというあたりでしょうか。ですから具体的に申しあげたい。要塞みたいなこの部屋への往復時に心配はまず無用だが、外出で例外はあるでしょう」

「土曜の句会のことかな」

「そうです。次回から、土曜にはクルマを使用していただけませんか」

「断る」

「なぜですか」

「句会というものは、そういう単純なものではない。家を出発して、道中であれこれ考え、先生のお宅で句を詠《よ》み、仲間と酒を飲み、余韻を味わいながら帰宅する。この全行程を指して、句会の本来がある。企業組織の専用車なんぞをつかって、なにが楽しい」

「ならせめて、タクシーでも」

「断る」

宇佐美はため息をつき、腕を組んだ。

「わかりました。では、その全行程、時間と交通機関、それに句会のメンバーといく居酒屋あたりを教えていただけますか」

「なんだ。きみは私を監視でもするつもりか」

「そのとおり。万が一を考えてね。臨時のボディガードに立候補します。報酬は要求しませんので、ご安心いただいていい」

古川はちいさく笑った。「なにかにおうな」

「なにがですか」

「どうも、きみは私の保護だけを考えているわけでもなさそうだ。それ以外にも、なにか魂胆があるのではないか」

「やれやれ、お義父さんが千里眼だということを忘れていた」宇佐美は嘆息を洩らし、テーブルのメールを指さした。「仕方ないから白状しますが、率直なところ、この人物にこれ以上、なにか事件めいたことには関与させたくないという気分はあるようですね」

「ほう。きみの作品を破壊した犯人は、もう相当程度の見当がついているのか。それはどういう人物なんだ」

「いいたくありません」

「なぜだ」

「さっき、お義父さんは、犯人には興味も関心もないが、とおっしゃったばかりでしょう」

古川は今度は声をあげて笑った。「わかった。詮索《せんさく》は私の趣味ではない。では、私の目のとどかない範囲にいると約束するなら、句会へ通う子細を教えてもいい。もちろん、声をかけるなんぞ論外だということはわかるな」

「わかります。約束します」

　宇佐美は目のまえにあるメールのプリントアウトを裏返した。その裏に、古川のいうまま、おおよその時間と乗り継ぎを書いていった。細かい質問を重ね、Ａ４のスペースがほとんど埋まったところで洩れはないか確認していると声が聞こえた。

「さっき、きみはここへやってきた理由のひとつといった。ほかになにかあるのか」

　宇佐美は顔をあげ、うなずいた。「近々、恭子と別れるつもりでいます」

「やはりな。いつだ」

「さあ。まだ話していないので、いつになるか。それにしてもはじめてお話しするのに、おどろかれたようすがありませんね」

「おどろくわけがない。かねてから予想していた。離婚なら早いほうがいいぞ。話はそれだけか」

「それだけです」

「アトリエはきみにやりたいが……」

「いくらなんでもそれは無理でしょう。図々しすぎる。遠慮しておきます」

　古川はうなずいて立ちあがりながら、たずねてきた。

「何年になる？　十二年か」

「十一年とちょっとです」

「よくもったほうだ。いや、長すぎた。私なら、あの娘を自分の嫁にはせん。この歳になっても教えられることは多いな」

「たとえば？」

「たとえば、国際的に名の知られた画家でも、スペインなんぞで女と出会うと感覚が狂うらしいということだ」

宇佐美が答えないままでいると、古川は自分のデスクにもどった。

宇佐美も立ちあがった。

「じゃあ、僕はこれで」

ドアまで足を運んだとき、古川が声をかけてきた。宇佐美はふりかえった。

「あれとわかれても、たまには遊びにきてくれ。私ときみとのつきあいのほうがはるかに長い。こっちは何年になるかな」

宇佐美は短いあいだ考えた。あれはトリノ・ビエンナーレで批評家大賞を受賞したその年だった。名前しか知らない古川宗三郎から、トレンテ教授と面識があって、と連絡をうけたときは驚愕したことを覚えている。さらに彼は、資金援助まで申しでてきたのだ。

「もう十七、八年になりますか」

「そうか。長いな」

「長いですね」

一礼し、宇佐美は部屋をでた。

肖像損壊の話がすでに古川宗三郎の耳にはいっている事実を豊明画廊に告げたのは、瀬田がやってきたその夜だった。知るにいたった経緯は別ルートである旨、さらに彼も警察に連絡はとりたくないと考えている点については話した。ただし話は、切りつめたその二点だけである。瀬田は動揺を隠さなかった。情報ルートの背景についてさらに質《ただ》したかったようだが、それ以上、宇佐美はなにも答えなかった。彼は複雑な表情を浮かべたまま帰っていったが、そのさきはもう宇佐美の知るところではない。

だがそのあとは、きのうとおなじだった。どんな人物であれ、訪問者が去るとき、このアトリエには虚ろな空気しか残さない。あらためて宇佐美は思い知らされた。繭《まゆ》に閉じこもるように、ここで暮らしてきたのだ。ここにいて、キャンバスを相手に四六時中、変化のない生活をおくってきたのだ。

もどってきたばかりの六十号を壁にたてかけた。椅子の向きをひっくりかえし、背もたれに両手をあずけながら、宇佐美は自作を眺めてみた。長いあいだ、眺めつづけた。朔太郎の詩句は読むまでもなく、全文を覚えている。「我れは何物をも喪失せず　また一切を失ひ尽せり」。このアトリエにいたるまでの生活は、この部分をなぞったようなものだ。絵描きであることを望みつづけた。そして、望みは絶たれずにすんだ。一応の名声すら獲得した。だがその陰で失ったものがある。六十号のキャンバスを放心したように見つめつづけるあいだ、その思いが悔恨に似てひろがっていった。やがてその方形以外、いっさいが視界から消えた。貧しかった時代。彼女とふたりで暮らしたあの時代。

この静物は、静物ではない。肖像なのだと思った。あの時代と生活の肖像なのだ。そして彼女自身の肖像でもある。もう私がいたら迷惑をかけるばかりだから……。彼女の言葉を思いうかべ、その名をそっとつぶやいたとき、宇佐美は床におちるなにかのちいさな音を聞いた。そのまま自分の頬に流れつづける涙をぬぐいはしなかった。

6

窓のそとをひっきりなしにクルマがすぎていく。ときおり、通行人の影が横切っていく。土曜夜七時の玉川通り。とっくに夕暮れは終わり、周囲に明かりを投げているのは、明滅するネオンと流れるライトしかない。通りをはさんだ向かいの居酒屋へ古川たちの集団がはいったのは、三十分ほどまえだ。宇佐美は、チェーン展開している喫茶店の窓際にあるカウンター席に腰をすえ、表の光景を眺めていた。

きょうは昼の二時まえから、古川宗三郎を追いかけている。白金台の自宅をでて、徒歩で都営浅草線の高輪台、五反田を経てＪＲの渋谷経由で、田園都市線の駒沢大学駅に到着したのは、三時半ころだった。電車に乗っている時間はさほど長くはないものの、乗り換えがかなり複雑で距離も長かった。七十六歳の古川の歩みは、杖をつくゆったりしたものだから、移動に一時間半かかったのも無理はない。

そのあいだ、古川は周囲に目をくれようとはしなかった。電車のなかでは黙考するように半眼をつむり、吊り革につかまったまま、老人優先席にすわろうともしない。宇佐美はつねに十メートル以上の距離をおくようつとめたが、こちらに目を向ける気配さえみせなかった。

句会主宰者の家は駅から玉川通りを歩き、すぐのところにある。その家の玄関に姿を消すまで緊張はつづいた。もし古川が襲われるようなことがあるとすれば、あの少女の手口から考えて、人目のないところより、人混みにまぎれてという可能性が高いと思われたからである。だが事が起きるのなら、きょうのところは帰り道しか残っていない。それならまだ時間はかかる。酒を飲む場合は、おなじ店にすくなくとも二時間はいると古川に教えられていたからだ。あるいは、きょうはなにも起きないのかもしれない。

時間がすぎた。

七時過ぎになり、自動ドアの開く音が聞こえた。コート姿の庄野が姿をみせ、宇佐美を認めるとていねいにお辞儀して近づいてきた。古川たちが居酒屋にはいった六時半ころ、先日、口にした頼みごとをお願いしたいと電話したのだ。昨夜おそく、きょうの夕方に電話するかもしれないと事前連絡もいれてある。

「おそくなりまして」と庄野はいった。

宇佐美は時計を見た。「いや、四十分しかたっていない。想像以上に早かった」

「表参道で乗り換えるだけですから。駅も近いですし。私、飲み物を買ってきます」

庄野はカウンターでうけとったコーヒーのトレイを持ってもどってきた。コートを脱ぎ、隣の椅子に腰を降ろす。いまこの店に客は少なく、カウンター席にはほかにだれもいなかった。

「わるかったね。忙しいのに」

「いえ、お気になさらず」彼女は微笑した。「なんでも申しつけていただきたいとお願いしたのは私ですから」

うなずいて宇佐美は窓ガラスのそとを指さした。

「いまね。ダナエの父親があそこにいる。あの居酒屋の看板が見えるだろう」

庄野が目を丸くした。「古川宗三郎氏が居酒屋に?」

「土曜の習慣なんだ。酔狂な王様だよ。焼酎がうまいんだとさ」

宇佐美が句会の件を説明すると、感心したように庄野はゆっくり首をふった。

「気さくな一面をお持ちでいらっしゃる。では、宇佐美先生がボディガード役ということになるのでしょうか」

「そう。こっちから買ってでた。身長があるだけで、体力にあまり自信はないけどね。それでも女の子相手の立ちまわりさえ無理なご本人よりマシだろう。ただ、いまはエアポケットなんだ。彼らがあの店からでるまで、時間はたっぷりある」

「では、私はなにをすれば……」

「きみにたずねておきたいことがあった。それでご足労願った。きのうおそくに、きょう、このあたりまできてもらうかもしれないと電話したよね」

彼女はうなずいた。

「あの直前まで、僕は興信所にいた」

「……興信所、ですか」

「そう。本来なら、僕自身が調べるべきなんだろうが、時間がなかったし、ノウハウもない。僕はたんなる絵描きだ。興信所へ調査を依頼する安直さを責められるなら、反論はしない。じつは古川宗三郎には、孫がひとりいる。女の子なんだけどさ。ギリシャ神話になぞらえれば、アクリシオスにとってのペルセウス、自分を殺す孫にあたる。その女の子の現在の環境を興信所に調べてもらっていた」

庄野が黙りこみ、こちらを見つめる気配があった。

「この図式なら、僕のいまの家内がダナエに相当するが、これはちょっと飛躍のすぎるような気がしないでもない。まあ、それはおくとして、その女の子は家内と家内の前夫とのあいだの子どもで、いまは高校三年生なんだ」

きのうの夕方になって、ようやく財田調査企画から連絡があった。すぐ田町に直行した宇佐美は、要請された項目について、ほぼ調査が終わったと知らされた。大西真澄の写真も手わたされたのだった。

大雑把《おおざっぱ》に事情を話すあいだ、彼女は黙って聞いていた。

「ところで、きみは、あれからギリシャ神話を手にいれたかい」

「ええ、岩波文庫を。ですが、ダナエにかんする記述はとても短いものでした。要領のいいまとめかと思いましたが、あの厚さでは仕方がないのでしょうね。どの登場人物の逸話もごく短かった。今度は、長いものを探してみようかと考えています」

宇佐美はうなずいて、ジャケットの胸ポケットから写真をとりだした。サービスサイズの印画紙に、ひどく細い女の子が写っている。周囲との比較から、背は高いようだった。通学途中らしく、鞄をさげ、なにかを考えこむように歩いている。道路脇あたりから望遠レンズで撮影されたものとうかがえた。

「その女の子を見たことがある？」

庄野は目をおとし、長いあいだ、その写真を見つめていた。宇佐美はコーヒーカップに口をつけ、その姿を眺めながら黙って待った。やがて顔をあげ、彼女は首をふった。

「ちがいます。もし先生が、例の女の子かどうかということをおたずねのようでしたら、彼女ではありません」

宇佐美は微笑した。「迷っていたね。彼女を犯人にすべきかどうか」

庄野は首をかしげた。「どういうことでしょう。奥さまのお嬢さまが犯人でないとわかって、ギリシャ神話との整合性が崩れた。そのようにお考えでいらっしゃるのでしょうか」

宇佐美は写真をとりあげ、ふたたび胸ポケットにおさめた。「だれも彼女が家内の娘だなどとはいっていないよ。この写真は、けさ僕が撮った。近所の女子高の平凡な通学風景だ。彼女はその大勢の通学生のなかのひとりだ。名前も知らない。だれかに見とがめられていれば、僕は怪しい中年男として警察に突きだされたかもしれないな」

庄野が息を呑んだが、宇佐美はゆっくりつづけた。

「いまはっきりしたね。きみが黒幕だということがさ。その写真を見て、きみは即答しなかった。長谷川さんなら、きっとすぐにちがうといったんじゃないかと思う。じっさい、たずねてみてもいいが、もう不要だろう。きみが迷っているのを見て、おおよそわかった。黒幕という言葉が不穏当なら、演出家といいかえてもいい。詫びても仕方ないが、きょう出向いてもらったのは、きみがこの写真を見てどんなふうに反応するか、確認するためだった」

「詫びても仕方ないというのは、この場にそぐわないかと思われますが……、しかし私の態度だけで、そんなふうにお考えになったのでしょうか」

庄野はおちついて答えた。声がひどく静かなものに変わっている。

「いや」と宇佐美はいった。「ほかにもいろいろある。きのうの夜、興信所の調査結果を聞いて、疑問を持ちはじめた。なかでもっとも強い疑問は、僕がこれまで考えていたダナエの構図、つまり孫が祖父を傷つけるという恐れについてのものだった。それでも可能性が完全に解消されない以上、僕は義父のガードマンをつづけるつもりだった。しかしその必要はもうないようだ」

宇佐美はそこでひと息おいた。目のまえのガラスには、ふたりの姿が外の光景にかぶさり、透けて映っている。ふたりとも、その半透明のおたがいの姿を黙って見つめていた。

「きのう聞いた結果によると」宇佐美は口を開いた。「気の毒な話だが、家内の以前のご主人は経済的にかなり苦しい立場にあるということだった。音楽教室を経営しているんだが、いまは生徒がほとんどいないらしい。ヴァイオリンの個人教授だけを細々とやっていて、娘に学校をつづけさせるだけで手いっぱいのようだともいう。彼女自身も校則を破ってファーストフード店のアルバイトをしていると聞いた。こういった話だけをとりあげれば、孫娘が裕福な祖父を恨むにいたったという動機が生まれても不自然じゃない」

つかのま沈黙が訪れた。宇佐美はふたたび沈黙を破った。

「ところで先日、こういうメールが義父のところにおくられてきた。あの事件のあった翌日の話になるね」

ポケットから裏にびっしり書き込みをしたプリントアウトをとりだし、宇佐美は文面をカウンターにおいた。庄野はちらと目をむけたが、内容に興味はなさそうだった。

「彼女の家庭環境を考えれば、とうていパソコンを持っているとは思えない。もっともいまは、学校でもパソコンを教えるそうだから、メール程度の送付なら、高校生はだれにでもできるのかな。しかし、このメールは送り主を不明にする海外のフリーメールを使用している。こういうテクニックを学校で教わるわけはないから、送り主はやはりパソコンに慣れた所有者と考えるのが自然だと思う。もうひとついえば、宛先のアドレスがある。これは、興和銀行の秘書室にはいったものなんだが、僕がチェックしてみたところ、興和銀行のホームページには、メール用のアドレス記載はなかった。どの部署にかんしてもいっさい見あたらなかった」

そこで宇佐美は庄野に目を向けた。彼女の顔から表情が消えた。

「聞いている？」

「聞いております。非常に興味深いお話です。つづけていただけませんでしょうか」

「では、お言葉に甘えて。参考までにいっておくと、海外との連絡では僕もメールはよく使用するので、パソコンの初歩知識はそこそこある。絵描きという職業自体、引きこもりのようなものだしね。ところで、メール宛先の件だった。一般的に企業内の会社員のアドレスは外部にはわからない。しかし、名刺を入手すれば、話はべつだ。僕のような自由業でいると世事《せじ》に疎《うと》くなるが、近ごろはたいていアドレスが名刺に刷りこまれているらしい。きみのおかげで、つい最近ようやく知ったよ」

「私がそのようなことを話しましたでしょうか」

「先日、きみが名刺をくれたじゃないか。あれには豊明画廊のアドレスがきちんと記されていた。じつはきのう、興信所の調査結果を聞いたあと義父に連絡して、秘書室長の自宅の電話番号をたずねたんだ。連絡をとったうえで、彼の名刺をファックスで送ってもらった。やはりメールアドレスが記載されていた。僕が彼に連絡した理由は、その秘書室長が義父の肖像が破壊されたという文面を読んで、ギャラリーまで確認にいった当の人物だからだ。彼が足を運んだのは、それが二度目らしい。義父は個展に関心がなかったから、秘書室長の個人的判断ということになる。彼は、最初の訪問時、記帳にくわえ、ギャラリーの受付に名刺をおいてきたともいった。いかにも銀行員らしい几帳面《きちょうめん》さだ」

「お話はそれくらいでしょうか」

「申しわけないがまだある。きみは、事件の起きたあと、喫茶店で受付のもうひとりの女性、長谷川さんと話していたが、あのとき、僕が隣の席にいることを知っていた。知ったうえで、僕に聞こえるよう、ああいう会話をかわした。ちがうかな」

「ちがいません。なぜ、おわかりになったんでしょう」

「きみにオムライスをごちそうしただろう？　名刺のアドレスはもっとあとになってからだけど、そっちのほうは、きみが帰ったあとにすぐ気づいた。あの喫茶店の椅子は背もたれが非常に高い。だから僕に上背があっても、輪郭は完全に隠れる。ところが、きみが立ったあとの椅子を見て、自分の迂闊《うかつ》さに呆れたんだ。背もたれの下部には、数センチほど隙間があるじゃないか。あれなら、僕のジャケットの裾が見えてもおかしくない。僕は長谷川さんと背中あわせだったが、四人席でひとつずれていた。長谷川さんの向かいにすわっていたきみの位置からなら、ずっと見えていたのかもしれない。つまり、僕は頭隠して尻隠さずそのものの間抜けだったということになる」

「それでしたら、なぜ私が先生にああいう話をお聞かせしたと思われるのでしょう」

「僕が想像するに、ふたつあるのかな」

「ふたつ、ですか？」

「そう。ひとつは、僕に興味があるというきみ自身を印象づけるため。あの会話のニュアンスはそういう感じだった。あとになって考えてみると、その目的のため、作意によって興味深い話も創作された。そもそも、エルミタージュのダナエを傷つけた犯人が、老夫婦の連れあいのひとりだったなどという話は聞いたこともない。妻との思い出を破壊するために犯行におよんだという動機の説明には、たしかに惹かれるものがあったけどさ」

「宇佐美先生」

それまで能面の表情を浮かべていた庄野が、感情のこもった声をあげた。いったんとまっていた血がふたたび流れはじめたような感じだった。

「なんだい」

「あの話は事実です。おっしゃるとおり、私は先生があの喫茶店にいらっしゃるのを承知しておりました。ご説明しておくと、先生がギャラリーにお見えになったとき、そのあとどういう行動をとられるのか毎回、ある人物が追跡し調べていたからです。結果、あの喫茶店にいらっしゃる習慣をお持ちだとわかった。だから、あの店へ長谷川さんを誘ってみたんです。当初は偶然お会いして、先生とお話しするかたちをとりたかったのですが、最初に長谷川さんが、先生は変人だと大声をあげてしまった。そのため、同席のかわりにああいうかたちをとらざるを得なくなりました。ですが、あの話にかんするかぎり事実です」

「エルミタージュのダナエを破壊した犯人のこと？」

庄野はうなずいた。「私ごときが僭越ですが、あの話を聞いたことはまちがいございません。じっさいエルミタージュの修復研究室内部へはいったある方にお会いした折り、詳細な話をうかがいました。ご迷惑がかかるので、その方のお名前は申しあげられませんが、信じていただけませんでしょうか」

庄野は宇佐美をじっと見つめている。見かえしても彼女は視線をそらさなかった。宇佐美は理解した。その目はキュレーターのものではなく、絵を観ることが心底好きな人間のものだった。

「わかった」と宇佐美はいった。「信じるよ。考えてみれば、長谷川さんとのやりとりで、急にああいう話を思いつけるわけもなかった。まあ、いずれ、だれかがあの事件の全貌を明らかにするだろう」

「ありがとうございます。私と長谷川さんとの会話でいえば、もうひとつ、私が先生の作品について話した感想がありました。いろいろ失礼を申しあげたかと存じますが、あれもすべて正直なものでした。心からの感想です。これは信じていただけますでしょうか」

「それはどうだろう。きみのそうとう評価してくれた作品が破壊されたようだが」

「率直に申しあげて、あの選択ほど辛かったことはございません」

庄野が目を伏せた。その姿をしばらくのあいだ黙って眺めていたが、やがて宇佐美は口を開いた。

「さっき、ふたつといったろう？　もうひとつもいまなら、わからないでもない」

庄野が顔をあげた。「いまなら、とは？」

「きみは、僕の以前の妻を知っているんじゃないのか。旧姓、秋本早苗のことをいっているんだが」

庄野が、ふいに射ぬくような視線をかえしてきた。

「どうしてそのように思われるのでしょう」

「きみから名刺をもらったときには、さっきいったようにもちろんメールアドレスのことなどまるで念頭になかった。即座に思いうかべたのは、ひとつしかない。きみは庄野紗枝さんだ。『さえ』から『さなえ』ついでにそのとき、こういう考えも浮かんだよ。『さなえ』から『ダナエ』。そういう連想もあるってね」

沈黙が訪れた。やがて、庄野が口を開いた。

「すでにお察しかと思いますが、私は長谷川さんと話していたあの時点でも、ギリシャ神話のダナエにまつわるさまざまな逸話はすでに知っておりました。ですから、お義父さままでいらっしゃる古川宗三郎氏の肖像を傷つけることで、必要にして充分な効果を生むことができるだろう。そんなふうに信じていたのかもしれません」

「必要にして充分とは、どういった効果だろう」

「ある種のメッセージ効果とお考えいただいてけっこうかと思われます」

「ふうん。メッセージね。それにしちゃ凶暴だし、度のすぎるような気がしないでもないが、だれへの、なんのメッセージなんだい。これがよくわからない」

「いまは申しあげたくありません。もうすぐわかりますので、それまでお待ちいただけませんでしょうか」

「どれくらい？」

「おそらく三十分以内には」

「そのあいだに人が傷つくことはないだろうか」

「ございません」

「……わかった。なら待つよ。しかし、きみに誤算はあったようだ」

「そうです。まさか、宇佐美先生が警察への通報を拒否されるとは思ってもみませんでした。豊明画廊としても、井口社長以下、すべてあの事件の隠蔽《いんぺい》に向けて動いているとの話は、私のような立場でも耳にはいってきましたし」

「だから翌日に別ルート、つまりモデルのほうへ、あえて電子メールをおくったのかい。古川宗三郎からの問い合わせで警察沙汰になるようにさ。ひょっとして、きみは豊明画廊になにかふくむところがあったんだろうか」

「ちがいます」

「じゃあ、なぜ」

庄野は弱々しい笑みを浮かべた。「警察沙汰にというのは、少々、ニュアンスが異なっております。それに古川さまへのメールは、半分も効果がなかったように思われますね。とても必要にして充分とはいえない。逆に墓穴を掘る結果になりました。墓穴といえば、クローズする日、本屋さんで先生に偶然お会いした際もそうでした。昼食のお誘いにのり、同様の結果を招いたようです」

「じゃあ、ひとつだけ教えてくれないか。僕が電話で話したあの女の子はいったいだれなんだ」

「申しわけありません。もう少しお待ち願えませんでしょうか」

それきり庄野は、口を開こうとしなかった。石になる決意でも固めたように黙りこみ、表に目をやっている。彼女はなにを見ているのだろうと、宇佐美は考えた。

時間がすぎた。やがて、庄野の携帯が鳴った。

彼女がとりあげ、話しはじめた。

「はい、紗枝です。そう、そっちのほうに決めたわけね。ところで、いま私の隣に宇佐美先生がいらっしゃるんだけれど、どうする？　あなた、話してみる？」

向こう側の話に耳をかたむけていた庄野が、手に持った携帯を隣からさしだしてきた。首をかしげながら宇佐美はうけとった。豊明画廊の電話で聞いたあの少女の声だった。

「こんにちは」と声がいった。

「こんばんは、じゃないのかな」宇佐美は答えた。

「こんばんは。宇佐美さん」

「ここにいる庄野さんの話は僕にも聞こえた。そっちのほうに決めたとかいう話だが、なにを決めた。きみは、いまどこにいるんだ」

「宇佐美さんのアトリエです。鍵がかかっていないのにはビックリしました」

宇佐美は、絶句した。こんな時代だというのに、宇佐美はアトリエに鍵をかけてはいない。かけたとしてもだれかがその気になり、窓ガラスを破りさえすれば同様の結果を得られる以上、意味はないと考えていたからである。それはいいが、まさかあの女の子がそのだれかになるとは思わなかった。彼女が自分のアトリエにいる……。

宇佐美はやっと声をあげた。「このまえ、きみはギャラリーでのいたずらを予行演習だといった。すると、きょうが本番ということになるのかな」

「そうです。そっちに決めたというのは、これからこのアトリエを燃やすという結論のことです。隣の倉庫も燃やすことにしました。いま灯油を撒きおえたところです」

宇佐美は目をつむった。アトリエに併設した倉庫には、今度の個展に展示した以上の作品が収納してある。質量ともにだ。海外で評価された作品も少なくない。宇佐美のこれまでの生涯すべてが収納されている。

「今度はいたずらじゃすまされないかもしれない。正真正銘の犯罪になる」

隣から庄野の声が聞こえた。「そうです。犯罪そのものです。ですから、私は共同正犯ですね。ちなみにこの携帯がもし切れるようなら、彼女は火を放つことになっています。警察であれ、だれであれ、助けを呼ぶには、もうおそいのではないでしょうか」

　宇佐美は庄野に向けて問いかけた。

「理由をたずねている時間はないね」

「そのとおりです」

「交換条件といったものもないんだろうね」

「ありません」

「……一分間だけ考えさせてくれないか」

　庄野は「わかりました」といった。

　この駒沢大学から上野毛の自宅までは近い。クルマなら二十分もかからない。しかしいま、その二十分もたいして意味はなさそうだった。このふたりは、なにものも恐れてはいない。理由は見当もつかないが、宇佐美に告げたうえで、放火に手をつけようとしている。どう考えても、選択肢を与えられてはいない。

「わかった」宇佐美は受話器に向け声をあげた。「そのアトリエは燃やしてくれ」

　その口調に、庄野が信じられない言葉を聞いたというようにこちらへ目を向けた。携帯の向こうにも沈黙しかなかった。

「ただし、条件がある」

　宇佐美がつけくわえると、即座に携帯から返事がかえってきた。

「どんな条件もうけつけません」

「いや、聞けば妥当な条件だと納得してくれると思う。まず、母屋に家内がいる。なんらかの方法で、彼女を外出させてくれ。僕が庄野さんのチェックをうけながら電話してもいい」

「奥さまはさきほど外出されました。タクシーを呼んで外出されたので、しばらくはおもどりにならないかと思います」

宇佐美はふと苦笑を洩らした。そうか。家内の行動はまったく把握しちゃいなかった。彼女たちのほうが、たぶん宇佐美自身より詳しいのだろう。そういうことだ。夫婦の関係はとっくに終わっていた。なのに接触のいっさいない生活を惰性で引きずり、もう何年になるだろう。古川の言葉がよみがえった。よくもったほうだ。いや、長すぎた……。

「わかった。じゃあ、次の条件だ。そのアトリエは庭で孤立しているから心配はさほどないとは思うが、延焼の恐れがある。その点にじゅうぶん注意してくれ」

「灯油は適量しか撒いていません。もし、危険な徴候が少しでもあるようでしたら、見物しながらすぐ消防を呼ぶつもりです。目的は、このアトリエだけですから」

「けっこう」と宇佐美はいった。「ガソリンでなく、灯油というのは賢明な選択だった。きみが火傷《やけど》を負う恐れも少ない」

庄野は変わらず、驚愕したように目を見開いている。あっさりかえした返答、そのなかにある響きに純粋な覚悟をかぎとったらしい。そのとおり、宇佐美にとってはまぎれもない本音だった。いや、ひそかにこういう事態を願いさえしていたのかもしれない。

また携帯から声が聞こえた。

「条件はそれだけですか」

「あとひとつだけある。そこにいるなら、六十号の静物が目にはいるだろう。壁にたてかけてある。きみのおかげで肖像が壊滅したから、空いたスペースに半日だけ展示した作品だ。その一点だけは見逃してくれないか。重いだろうが、どこか安全な場所へ事前に運んでほしい。あとで教えてくれれば、ひとりでとりにいく。だれにも話さない。約束する」

「どうして、この一点だけ残したいんですか」

「それはきみに関係ない」

「……アコーディオンが描いてありますね」

「見てのとおりだ。しかし、それもきみには関係ないだろう」

「理由を教えないと、その条件は無視するといったら、どうされます？」

「なんでそんな些細《ささい》なことにこだわる」

「些細なことを依頼されているのは、宇佐美さんではないでしょうか」

「僕にとっちゃ、その作品だけは些細なものじゃないんだ」

「そんな話を聞くと、よけいに好奇心がわきます。なぜ、この作品だけ残したいんですか」

「きみにいってもわからない。その作品は、ある人物と僕の記念碑なんだ」

「……ある人物というと、ひょっとして早苗という人でしょうか」

「なぜ、きみはその名を知っている。そう、僕の前妻だ」

携帯電話の向こうで、すべての音が絶えた。いや、かすかな音が聞こえる。深く静かな呼吸音がとどいてくる。宇佐美は、隣にいる庄野に目を向けた。彼女は息をひそめ、宇佐美を見つめたままでいる。こちらは呼吸をとめ、なんだか沼の底にじっとひそんでいる魚のようだ。なぜ、こんな突飛な連想が働くんだろう。宇佐美は夢のなかにいるような錯覚にとらわれた。

携帯の声が聞こえた。

「質問したいことがあるんですが」

「なんだろう」

「どうして宇佐美さんは、こんな奇妙な事件を起こした当人に興味をしめされないんでしょう」

「興味ならあるさ。ありすぎるくらいだ。でなきゃ僕の携帯番号など教えるわけがなかった。そう思わないか。きみからの電話はなかったけどさ。じゃあ、ちょうどいい機会だ。きみに答える気があるのなら訊いておきたい。きみは、いったいどういう人なんだ」

短い間をおいて、答えがかえってきた。

「私の名前は神奈といいます。かんな。漢字は、神奈川県の神と、奈良県の奈。奈は重なりますけれど」

宇佐美の胸の奥でなにかが音をたてて割れた。宇佐美自身の生まれは神奈川、早苗の生まれは奈良市内だった。

「きみは……」

「そうです。こんな話を聞くのははじめてでしょうけど、お教えしておきます。私はあなたの娘です」

7

タクシーをつかまえようとすると、庄野が声をかけてきた。

「私はクルマできています」

無言のまま彼女にしたがった。脇道にかなり古いカローラが停めてあった。運転席に乗りこんだ彼女がロックを解除し、宇佐美は助手席に乗りこんだ。

走りはじめたとき、庄野が前方を向いたまま、ぽつんといった。

「ほんとうに自分で火をつけるおつもりなんですか」

「そりゃ自分の娘が犯罪者になるのを黙って見ている親はいないだろう。もっとも僕に、親の気持ちはわからない。というより、慣れちゃいないのかな。しかし、犯罪代理くらいならつとめてもいい」

「……でも、彼女が宇佐美先生の申し出をうけるとは思ってもみませんでした」

「訊きたいんだが……」

「いえ、なにか質問があるようでしたら、彼女自身からお訊きください。彼女がお話しすべきことは、お話しするかと存じます」

「きみ自身にかんすることなんだ」

「どういうことでしょう。答えられる範囲でしたら」

「なぜ、迷った？」

「なにをでしょう」

宇佐美は、ジャケットの胸ポケットを叩いた。

「これだよ。僕が通学風景を撮った例の写真。こういういきさつが予定されていたんなら、彼女を犯人にするかどうか、なにも迷うことはなかったじゃないか。即座に否定すればいい」

「あの段階では、彼女がどう結論するか、私には判断がつきかねましたので」

庄野の横顔を見ながら、宇佐美は悟った。演出家は、彼女でない。主役であり、事の方向を決定するのは、どうやら自分の娘らしい。それに、と思う。庄野はおそらく神奈という娘に一定の歯止めをかける役目を果たしている。放火の件も、彼女は内心、不本意な選択だったと考えているにちがいない。エルミタージュの老夫婦について話したときの庄野の目を思いうかべた。彼女は絵画作品を愛しているのだ。

「なるほどね」宇佐美はため息まじりにつぶやいた。「きみと、僕の娘はどういう関係になるんだろう」

「いとこどうしです。早苗さんは、私の叔母にあたります」

そういったきり、彼女は口をつぐんだ。宇佐美は依然、彼女の横顔を眺めていたが、それ以上、どんな答えもかえってきそうにはなかった。

宇佐美はフロントガラスをとおして見える都会の夜に目をもどした。玉川通りのクルマの流れはふだんより、いくらか早い。ヘッドライトの群れをぼんやり眺めるうち、土曜のせいなのだと気づいた。

ようやくある側面だけはわかったような気がした。彼女たちが標的を選ぶ基準は、どこにあったのか。彼女たちが選んだモチーフは、ふたつがともに共通項を持っている。宇佐美自身と古川宗三郎、双方に関係したものに限定されている。あの肖像は宇佐美が描き、古川がモデルになった。アトリエは古川が与え、宇佐美が使用している。どちらか一方にしか、かかわらないものではない。

庄野はメッセージといった。相手にとどかないメッセージはメッセージでない。肖像画の損傷も、彼女たちの目的が警察沙汰やマスコミの騒ぎを期待する愉快犯のようなものではなく、そのことによって古川に事の次第がつたわることにあった。なのに古川には、肖像画の壊滅が報告されない可能性も生まれたのだ。庄野は、その危惧《きぐ》を承知できる立場にいた。だからこそ、あの電子メールがおくられたのだ。つまるところ、彼女たちがメッセージをおくりたい相手はふたりしかいない。宇佐美真司と古川宗三郎。このふたりに恨みを抱いている人間が存在するとのメッセージだ。骨身に沁《し》みてその事実を理解するようにと、そういう警告をはらんだメッセージだ。アトリエ炎上という事態にいたれば、その目的は完結するのかもしれない。

カローラはいつのまにか、自宅近くの路上を走っていた。ふと思いだし、宇佐美は庄野に声をかけた。

「きみが豊明画廊の受付をはじめたきっかけには、僕が関係しているんだろうか」

答えを期待してはいなかったが、彼女はちいさく笑った。

「関係しています。私があの仕事をはじめたのは、二年まえでした。そのころ、豊明画廊が宇佐美先生に強力にアプローチしているとの噂は聞いておりましたので」そこで彼女はちらとこちらに顔を向けた。「私はこれでも、それなりの人脈は持っているんですよ」

「そのようだ」

答えて宇佐美は思いあたった。早苗をダナエに見立てたのは、やはりこの庄野だった。そしてペルセウスが神奈という娘にあたる。

「でも私が、あそこに出勤することは、この先ありません。きょうのところは風邪をひいたので休むと連絡しただけですが、じつは別途、辞表を郵送してあります」

「クルマをつかうため、きょう、休んだのは僕のせいかな」

彼女はまたちらと笑みをみせた。「ええ、灯油の容器は重いでしょう?」

「なるほど」と宇佐美はいった。

カローラがアトリエのまえに停まった。ドアを開きながら、庄野がぽつりとつぶやいた。

「でも長谷川さん、怒るだろうな」


アトリエにはいっていくと、自然光に近い明るさのなか、その光景が目にはいった。ジーンズを身につけた女の子がひとり、いつかの宇佐美とまったく同様の姿勢で椅子にすわり、背もたれに両手をあずけている。歳はおそらく、十代後半。彼女は、壁にたてかけてある静物を放心したように眺めていた。それ自体、ひとつの構図をかたちづくっている。どこか懐かしさを覚える構図だった。その理由にはすぐ気づいた。彼女の横顔は、かつて知りあったころの早苗にそっくりだったからだ。

「やあ」と宇佐美は声をあげた。

神奈という娘がこちらをふり向いた。そして静かな声で答えた。

「お邪魔しています」

「放火犯にしては、めずらしい口の利き方をする」

宇佐美は首をかしげた。想像していたにおいがない。揮発《きはつ》した灯油が、この部屋の空気を一変させているはずだった。周囲を見まわすと、部屋の片隅にプラスチックの大きな容器がおかれていた。だが半透明の容器は、まだ満タンのままだった。庄野もそれを認め、かすかな笑みを浮かべた。

「失礼」と宇佐美はいった。「きみは放火犯じゃなかった。灯油は適量さえ撒かれていない。これは詐欺師というんじゃないのかな」

「これから撒くかもしれません」

「そうか。その可能性があった。重ね重ね申しわけない」

「この作品がなぜ、ある人物と宇佐美さんの記念碑なんでしょう」

宇佐美はうなずいた。「すわっていいかい」

「どうぞ。ご自分のアトリエです」

宇佐美はフローリングの床に腰をおろした。庄野も同様のしぐさをみせたので、彼女も椅子から降りてきた。長い手足をうっとうしいと考えているような動きだった。彼女は両腕で抱えこんだ膝に顎《あご》を埋めた。目だけを光らせ、こちらを見つめたまま動かない。いつか聞いた不健康という印象からはほど遠かった。ギャラリーでは目を伏せていたせいだろう。野生の動物を思わせる光を彼女の目はたたえている。

宇佐美は口を開いた。

「そのまえに、こちらから訊きたいんだが答えてくれるかな」

「なんでしょう」

「早苗、いや、きみのお母さんはどうしている?」

「三年まえに死にました。肺ガンですが、精神にもいくらか変調をきたしていたようです」

宇佐美はゆっくり目をおとした。

「……そうか。亡くなったのか。……僕が殺したようなものだ」

「そうでしょうね」

あまりに静かな肯定がかえってきたので、宇佐美はぼんやりと頭をあげ、彼女の顔を見つめた。その目には、口調と裏腹な鋭い光が宿っている。

「最初にことわっておくよ。僕は早苗の生き血を吸って生きてきた。そのために彼女は命を縮めた。だが、それがあの時代の僕の生き方だったともいっておく。彼女がいなければ、いまごろ僕はきっとどこかでのたれ死にしていたと思う」

「そうなったほうがよかったかもしれません」

「僕もそう思う」

「ほんとうにそう思われるんですか」

「ほんとうだ」宇佐美はいった。「心からそう思う。二十年まえ、僕はきみのお母さんをひどい境遇に放置していたことがある。一緒にいた最後のころになって知ったんだが、彼女がお金のために、もっと正確にいえば、そのお金を僕の目的につかうため、そうしたのだろうと考えはした。それでも、もしそれまでのずっと以前に知っていたとしても、僕になにかできたかどうか、それがわからない。救いの手すら差しのべられたかどうかがわからない。なにしろ、僕は無一文でどんな力もなかった。いまもわからないでいる。

当時、結論のでるわけもなかった。答えのないあの問いは、一生、後悔として残るだろうさ。だからこんなアトリエ、燃やされたって仕方ないとは思うよ。彼女の命の上に築かれた虚構にすぎない。彼女に最後までつきあった人物になにをされても文句はいえない」

「最後になって知ったんですか」神奈がひっそりした声でたずねてきた。

「そうだ。言いわけにもならないが、僕は絵描きであろうとすることに夢中だった。周りの生活の細部に目をやるゆとりはまったくなかった。　僕は若かった」

わずかの間をおき、彼女がふたたびたずねてきた。

「ひどい境遇に放置とは、どういうことでしょう」

「具体的にということなら、率直にはきみに話しづらい」

「宇佐美さんの世代の古くさい価値観かもしれません」

「そうかもしれない」

宇佐美はやっとそれだけを答えた。　早苗が案内するといってきかなかった場末のその屋並。ここに私は入りびたっていたの。彼女はそういって、細い腕をあげ、うらぶれた一軒の家屋を指さした。　最初に客をとらされ、はじめてクスリを経験した場所だと、彼女はつけくわえた。　真昼の光のなか、そのたたずまいを眺めながら呆然と立ちつくしていた記憶がある。

目をあげると、神奈の視線はどこか遠くにあった。

「肺ガンは、苦痛がとくにひどいようですね。でも母には死ぬ直前、安息みたいなわずかな時間がやってきました。母の意識は短いあいだだったけれど、正常だったと思います。すくなくともそうみえました。そのときのことです。最期の病床で、私の素性について母がはじめて話してくれたんです。私は、宇佐美真司という画家とのあいだの娘だって。だけど父親はその娘の存在を知らないって。なぜなら、母は夫のもとを去ってから、妊娠に気づいたからなんだって」

いったん彼女は口を閉ざした。それから目をおとし、床に落ちた絵具のふくらみを指でなぞりながらつづけた。

「さっき、母は精神に変調をきたしていたといったでしょう？　だからほんとうかなあと思いました。私はそのとき十三歳でわからないことも多かったし。それで、話にあった細かいところを紗枝ちゃんがひとつひとつていねいに調べてくれたんです。その結果、母の話は事実だと彼女が結論をだしてくれました。最近、意見は変わったかもしれませんけど」

宇佐美は庄野のほうに目をやった。彼女がうなずいた。

「私もその場におりました。話は前後しますが、叔母は、先生のもとを去ってから、私の母の婚家に身をよせるようになっていたんです。私にとって、叔母は母以上の存在でした。ですから、いとことはいうものの、神奈とは姉妹同然といっていいかもしれません」

宇佐美は黙って聞いていた。ふたたび神奈の声がとどいてきた。その口調は、慎重に言葉を選ぶようなものに変わっている。

「そのとき……、母が私のことを話してくれたとき、私はなぜ、私の父親とわかれることになったのか、母に訊きました。当然ですよね。すると母は、あの人はこれから出世していくのに、私のようなひと様に顔向けのできない行いに身を染めていた連れあいがいると、邪魔になるだけだからだって、そういいました。古川宗三郎さんという人があらわれたから、よけいにそうせざるを得なかったんだって。でも、だれもわるくはない。それだけは覚えておいてほしい。そうもいいました。でも紗枝ちゃんも私もその点だけは、母にしたがうことはなかった。心の底からふたりを憎みました」

「ひと様に顔向けのできない行いに身を染めていた……。きみのお母さんはそういったのかい」

「そうです。古川宗三郎という人がそういったと」

宇佐美は彼女の表情を見つめた。とたんに声が喉に詰まった。あれほどの光にあふれていた彼女の目が、いま静かな諦念《ていねん》のいろをたたえている。こんな歳の娘が浮かべる目のいろ。その悲哀のいろ。長いあいだ、その目を見つめていた。ようやく声がでた。

「言いわけめいて聞こえるかもしれないが、その場合は許してほしい。だが古川宗三郎の名誉がある。ひと言だけいっておけば、彼は、早苗に新しい仕事を紹介しようと手をつくしていた。彼も古い人間だ。そのとき、それに類した言葉があるいは彼の口からでたかもしれない。しかし彼は、きみのお母さんに過去など忘れるべきだといったよ。捨て去ることができるともね。これは僕自身、はっきり聞いた。新しい出発に際しては、それこそが義務でさえあると。ちょうど、僕が海外のある賞をはじめてもらった直後のことだ。ところが、早苗の意見は異なっていた。純粋すぎたのかもしれない。彼女は去っていった。僕は引きとめようとしたが、無理だった。僕らはふたりとも若かった」

「いいんです。もうそんなことは」

神奈は両膝を抱えながら、頭上を仰いだ。宇佐美も彼女の視線を追った。ロフトの高い天井にわたされた太い梁《はり》が見える。

やがて彼女の視線がおち、壁際の静物画に移った。

宇佐美はうなずいた。

「きみのお母さんは、アコーディオンを持ってでていったよ。きみは聴いたことがないだろうか」

「あります。演奏しながら『サマータイム』を歌うのが好きだったみたい」

「きみのお母さんは、中学時代からアコーディオンを演《や》っていたらしいね。そう。僕もよく聴いた。とくによく聴いたのは、結婚した最初のころだった。そのころ彼女は画材店に勤めていた」

「この絵」そういって神奈は宇佐美に問いかけてきた。「なぜ、テーブルの上にアコーディオンと石油ランプがあるんですか」

「ふたつはセットだった」

「セット?」

「あの石油ランプはね。僕がきみのお母さんと一緒になったころ、上野の古道具屋で見つけたんだ。古道具屋といっても、骨董品屋なんかじゃない。だからすごく安かった。なぜ、古道具屋巡りなんかしていたかというと、僕が静物の対象になる素材を探していたからだ。いつも彼女は僕についてきた。ところが、家に帰ってみると、その石油ランプは実用に耐えることがわかったんだ。だから以後は、よく明かりを消して、部屋を石油ランプの光だけにしたもんだよ。石油ランプの光には、なんだか人のこころをおちつかせるところがある。彼女はそれまでに何度も聴かせてくれたが、そのうち、彼女はその明かりのなかでしか歌わなくなった。私専用の照明、と彼女はいっていた。そう。僕も彼女がアコーディオンを弾きながら歌う『サマータイム』はよく聴いた。あとは『枯葉』も多かったかな。だけど、どっちも彼女が歌うと、春の歌みたいに聞こえた。それでからかうと、彼女はよく怒ったな。しかし、のどかな歌い方だって褒《ほ》められていい個性だ。そう思わないか」

「さあ、よくわかりません。『サマータイム』は子守唄なんですってね。でもたしかに母の歌は、いつだって春の歌みたいな感じでした。宇佐美さんは歌わないんですか」

「僕は音痴だ。歌わない」

「あの石油ランプはどうしたんですか」

「いまは古川宗三郎の手元にあるよ」

「あげたんですか」

「いや、貸しただけだ。じつは古川宗三郎も、きみのお母さんの歌を聴いたことがある。この石油ランプの光のなかでさ。なぜか彼はそのとき涙を流していた。で、彼女が家をでていったあと、あのランプを貸してくれないかといってきた。譲ってくれといわなかったのは、もちろん僕が断るのを承知していたからだろう。古川宗三郎によると、きみのお母さんの思い出のためにということだった。だけどまだ返してもらっちゃいない。いまでもときどき彼は灯をともしているそうだ。もっともいまは俳句をつくるためだという。だから、この絵にある素材はふたつとも僕の手元にない。この静物は、僕が記憶だけで描いた」

静寂が訪れた。宇佐美は、いまは静物だけを見つめていた。話しているうち、よみがえってくるものが多すぎたからである。やがて、ぽつりとつぶやきが洩れた。

「だからこれは静物じゃない。僕と彼女の、かつての生活の肖像なんだ」

壊れているのかどうかわからないほど古いアコーディオン、いたるところでニスが剝《は》げている。蛍ほどのかすかな光を放つ石油ランプ、歪《ゆが》んだアルミニウムの台座が不安定で、いまにも倒れそうだ。そのふたつが青い色調のなかで息づいているようにみえる。いや、たしかに息づいている。そう考えたとき、どこからか「サマータイム」のメロディーが流れてきた。

魚は飛びはね、棉《わた》は育ち、
なんの不安もない夏の日々……

突然、涙があふれてきた。とめようとして、それはとまらなかった。ただ黙って泣いた。恥ずかしさは感じなかった。声をあげず、唇を嚙みしめて泣きながら、宇佐美は流れる涙をぬぐおうとはしなかった。いつかの夜とおなじように。

時間がすぎた。

宇佐美は完全な静寂のなかにいた。ふと気づいて周囲に目をやると、ふたりの女性はこちらを見てはいなかった。ともに黙って、壁の六十号を見つめている。どちらが「サマータイム」を歌っていたのだろうと考えた。だがその質問は口からでなかった。

やがて神奈の静かな声が聞こえた。

「いい絵ですね、これ」

宇佐美はうなずいた。「ああ、いい絵だ」

「そろそろ、私たちは失礼します」

「もういくのか」

神奈が微笑した。「ええ、いい絵を観ていると、硫酸をかけたくなっちゃいますから」

神奈と庄野のふたりは、無言の合図をかわしでもしたかのように同時に立ちあがった。

ふたりは黙って出口に向かい歩いていった。声をかけず宇佐美は、その背中を見おくった。ドアを開け、無言のまま彼女たちはでていった。

人が去ったあとの、いつもの虚ろな空気がおとずれた。きょうのそれは、寂寥《せきりょう》に似ているような気がする。だがどこか、ぬくみも残している。不思議な空気に宇佐美はつつまれていた。

やがて宇佐美は立ちあがり、自分の娘がすわっていた椅子に腰をおろした。さっきの神奈とおなじ姿勢で静物を眺めるうち、なぜか庄野の話を思いうかべていた。彼女がこだわったエルミタージュのダナエを破壊した老夫婦の話だ。あるいは彼らの姿は、宇佐美と早苗のあり得たかもしれない未来だった。

携帯が鳴った。文庫の萩原朔太郎をいれたジャケットのおなじポケットで鳴っている。とりだしてスイッチをいれた。

「宇佐美さん」神奈の声が聞こえた。「ひとついい忘れたことがあって電話しました。この番号は手帳に控えてあります」

「…………」

「いつかまたお会いしましょう」

「……ああ、そうしよう」

宇佐美は壁の六十号に目をやった。ふたたびうるみはじめた絵のなかのアコーディオンが「サマータイム」を奏でている。これは錯覚ではない。そんな思いにとらわれながら、宇佐美は絵のなかの音楽に耳をかたむけ動かなかった。

まぼろしの虹

コーナーからの弧が白い光をよぎり、尾を曳《ひ》いていく。

ボールは、あきらかにゴールポスト近辺で敵と小競《こぜ》りあいをつづける佐紀《さき》が目標だ。身長百七十五でもおそらくこのメンバーでは、もっとも上背がある。

センタリングは、鋭さには欠けるものの意外なほど正確だった。最近の女子リーグでは実業団もクラブチームも数が激減しているうえ、三対〇で負けている側というのに、これがごくふつうのレベルなのか。浩平《こうへい》が一種の感慨を覚えたとき、佐紀が跳躍し、頭であわせた。角度を変えたボールが枠内で決まったかと思った瞬間、キーパーがかろうじてパンチングで弾きかえした。

目を疑ったのは、直後の彼女の位置である。ボールの行方を予測していたように、甘くなったディフェンスに鋭角で切れこんだ。次の瞬間、佐紀の身体が真夏の光のなか、ふわりと水平に浮かんだかと思うと、右足が強烈なボレーシュートを放っていた。ボールはクロスバーとポストがつくるコーナーの内側をぎりぎりかすめ、ネットを揺らした。

千人ほどで埋まったスタンドから大きな歓声があがる。佐紀はチームのだれかれとなく抱きあっている。だが浩平は、その光景より数秒まえ、空中に浮かんだ佐紀のキック、あの瞬間、彼女の顔面から飛び散った汗を思いうかべていた。七月の光に一瞬きらめき、ちいさな虹をつくったのだ。しかしこの位置からの距離を考えれば、そんな光景が見えるわけもない。あれは錯覚だったろうか。

キックオフでゲームが再開され、ふたたびハーフライン付近での一進一退がはじまった。一点をかえしたところで、まだ三対一だ。それでもゲームは見ちがえるように引き締まった。だが浩平がこの駒沢競技場のスタンドにきてすでに二十分、ゲームも後半四十分をすぎている。おそらくこのままの点差で終わるだろう。

予想どおりの結果になった。

両チームがあいさつして、応援団のいるスタンドにもどってくると、佐紀の名を連呼する嬌声《きょうせい》がたかまった。やはり人気がある。何度も観戦した母親の説明に、本人は、宝塚の男役みたいなものよ、といっていたが、たしかに女性の声が多い。手をふりながらこちらに目を向けたとき、彼女は浩平に気づいたようだった。大きな動作で片手をあげた彼女に、浩平もさりげなく手をふり応《こた》えた。

それでも、ふたりの交わすしぐさに気づいたものはいるようだった。周りにいる観客は、七割ほどが対戦相手の大東《だいとう》電機関係者。残りはほぼすべて佐紀のいるチーム、亨栄《きょうえい》精工の社員たちだ。彼らの何人かがこちらを眺めたが、ほとんどがすぐピッチに目をもどした。それでも仲間内で、ひそひそ話をかわすような素振りでまだ浩平に視線を向けている女性の姿もある。

顔をそらす直前、ふと動きをとめた。そこだけ異質な雰囲気を漂わせている男と目があったからだ。三十歳くらいで、粘つくような視線をこちらに据え、身じろぎもしない。季節はずれの黒シャツとネクタイを身につけ、固めたようなオールバックのこれも真っ黒な髪が、夏の光を照りかえしている。なぜか気になるのは、いつか佐紀が口にしていたストーカーまがいの雰囲気をまとっているせいだろうか。だとしたら、矢谷《やたに》佐紀の弟、浩平と申します、そんなふうに自己紹介した場合、この男はどんな表情を浮かべるのだろう。

だがほかの観客とともに席をたったころ、浩平はその男を忘れた。

日曜の夕方だった。なのに246号に面したビアホールは、休日のせいか半分も席が埋まっていない。佐紀の遅れを考え、スローペースでのんびり生ビールを飲んだ。久しぶりの多忙な時間の谷間だった。この四月から、土日もほとんど休めない毎日がつづいていたのだ。じっさい、きのうの土曜もふくめひと月は休暇をとっていない。だが彼女がやってきたのは思いのほか早く、浩平のジョッキにはまだ最初のビールが三分の一ほど残っていた。

ジャージ姿の佐紀は、口紅程度の化粧しかしていなかった。弾むような足取りで近づきながら、「待った？」とたずねてきた。

浩平は首をふった。「公式戦にしちゃ、解放されるのが早いね。打ち上げがもっとおそくまであるんだろうと思ってた」

「だって日曜じゃない。デートする子だってたくさんいるもの。監督だって、それくらいは心得てるわよ。ジュースでかんたんに乾杯してちょっと騒いだあと、即解散はいつもどおり。負けたしね」

佐紀も生ビールの大ジョッキを頼んでから、こちらに顔を向けた。

「浩ちゃん。うちの試合、というか、わたしのプレイ見たの、はじめてでしょ。高校時代の経験者から見て、どうだった？」

「レベルが高いんでビックリした。そもそも大東電機が強すぎるのかな。でも向こうは甘く見てるとこがあったのに、姉さんがゴールいれてから本気になったよね。やっぱりあのシュート、それくらいの迫力あったもん。あれ、何年まえだっけ。シドニー五輪のまえ、姉さんに全日本から誘いのあった理由がよくわかった」

「誘いでなくて、軽い打診。このタッパのせいよ。でも覚えてくれてて、ありがと」佐紀がめずらしく素直に答えた。「さっきは、わたしもわりに自然に身体が動いたわね。こんなふうに歳をとってくると、ああいうシュートを打ったとき、久々にありがたいって感じになっちゃうの」

「歳ったって、二十九だろ」

「二十九を歳というのよ。あの世界じゃ」

「歳より、ベテランといったほうがしっくりくる。引退するほど老けちゃいないし」

「ベテラン、か。それだってけっこう切ないな」佐紀はジョッキをかたむけ、ひと息に半分ほどビールを空けると、じっとこちらを見つめてきた。「それより浩ちゃんとこうやって、ビール飲むの、ほんとに久しぶりよね。いったいどういう……」

そこで佐紀は、考えなおしたらしく言葉を切った。おそらく、どういう風の吹きまわし？　とたずねたかったのだ。それなら忙しい土日の合間を縫ってわざわざ浩平が時間をつくり、きょうの約束をした本来の目的にいきなりふれることになる。

佐紀ももちろんわかっているのだ。いま熟年期にある両親が離婚する事態に直面しているのに、これまでまだふたりでなにも話しあったことがない。父母ともに、かつての再婚時にも一度の離婚経験を持ち、おたがいの連れ子が姉弟になった経緯はあるにせよ、子どもたちふたりの仲に軋轢《あつれき》はまったくなかった。そもそも二十年近くいっしょに育てられてきたのだ。けんかしたことさえ一度もない関係を奇跡に思うことがある。

その話題にはいるかわり、彼女はメニューを手にとった。それから、うかがうようにこちらを見つめた。

「ねえ。鳥の唐揚げ、頼んでいい？」

意外な言葉に、つかのま浩平は沈黙したが、ようやく声がでた。

「いいよ。でもどうしてそんなこと訊《き》くの」

「このまえの夜、テーブルに鳥の皿が残ってたの見て、きみ、ママにいったじゃない。当面、鳥の唐揚げは見たくもないし、においもかぎたくないって。おとなしいきみが、ちょっと怒ってる感じなのがすごく不思議だった」

「……あれ、真夜中の二時ごろの話だろ、ぼくが帰ったときの」

「わたし、起きてたもん。仕事絡みでなにかあったわけ？」

「ぼくの仕事と唐揚げとで、なにか接点ができると思う？」

だが、じっさいはそのとおりだったのだ。佐紀の鋭さにはよくおどろかされるが、あの日のことは口にしたくもない。

「ごめん。冗談」と彼女はいった。「ソーセージの盛り合わせを頼むことにしよう。それにポテト」

「うん」浩平はうなずいた。「じゃあ、きょうはぼくが奢《おご》るよ。給料もらうようになって、姉さんにはまだ一度もサービスしたことなかったから」

「なにいってんのよ。きみ、社会人になってまだ三カ月じゃない。まだまだ、肩書のアシスタントはとれないんでしょ。そういうときは、ベテランのお姉さんにまかせるもんなの」

反論しようとして、浩平はあきらめた。佐紀が一度でも口にしたら、彼女はその意志を絶対に撤回しないことは知っている。

それにしても……。浩平はひそかにため息をついた。あんな深夜に帰宅したときのやりとりまで露見しているとは思わなかった。

この三月に大学を卒業したあと、浩平の就職したのはＣＭの制作プロダクション、ヤシマ企画だった。業界ではけっこう大手として名が知られている。動機に華やかな職場への憧憬《どうけい》があったことは否めず、競争率も高かった。だからはじめて、アシスタント・プロデューサーの肩書が刷りこまれた名刺を手にしたとき、心躍るような気分になったことはよく覚えている。だがそれも一種の錯覚だと思い知ったのは、就職してひと月もたたないころだった。

ＣＭプロダクションのアシスタント・プロデューサーという肩書はときに世間で威力を発揮する。だがそれは誤解によるものなのだ。現場では、ほかのあらゆるスタッフの雑用をこなす使いっぱしりとしてしか通用しない。大手の広告代理店とクライアントのあいだで決定済みのＣＭ企画そのものにはタッチしないし、その決定したプランの実現だけに向け、あらゆる雑用を引きうけるのがアシスタント、とくに新人の仕事のすべてだった。大物タレントの出演交渉などまったく縁はないし、現場では大道具小道具からメイク担当、スタイリスト、スタジオとの細かい交渉、弁当や飲み物の手配、スケジュールまで最末端の雑用をすべて引きうける。

その日は、浩平が二度目に経験する撮影があり、初の野外だった。

清涼飲料水のＣＭで、メーンのタレントには、安藤《あんどう》あゆみが起用された企画である。彼女は二十歳だが、契約金は年契三千万円という。すでにそれだけの価値を持つまでに昇りつつある若手だ。

こういう著名タレントを身近にするのも浩平にとっては最初の経験だった。だがその際、演出抜きの実像を身に沁みて理解させられたのである。安藤あゆみは朝方の到着時、すぐ煙草をとりだしたが、その灰皿を即座に用意しなければならなかった。イメージと実物の落差くらいは承知していたものの、煙草は予想していなかったので、あわてて探していると、なにモタモタしてんのよ、と浩平より三歳若い本人から罵声《ばせい》が飛んできた。そんな調子でスタートしたのだが、昼ごろには、彼女の機嫌がさらにあからさまに悪化した。午前中の撮影で、ディレクターのNGが多すぎたせいだ。だが業界でも著名なディレクターに彼女が抗議することはいっさいない。

そして昼食時になった。浩平の手配した料理屋からデリバリーされた弁当は全員に配られたが、これは安藤あゆみもおなじものである。なによ、これ。明るい陽射しの降りそそぐ芝生の広場に、彼女のそんな罵声が響きわたったのは、浩平がまだ残りのスタッフに弁当を配っている最中だった。

浩平は彼女のところまで足早にもどった。

「なにか問題ありましたでしょうか」

「大ありじゃないよ。わたしが鳥の唐揚げ食べれないと知ってて、わざわざこんな弁当、用意したわけ？」

浩平が目をおとすと、彼女のまえにだけ準備したテーブルに弁当が開かれている。内容は豪華で、おそらく材料も高価なのだろうが、たしかに地鶏の唐揚げがひと切れ添えられていた。

「申しわけありませんでした」

きたのである。浩平が詫びる間もなく、彼女は弁当を手にとっていた。そして、いきなり投げつけて

弁当は、浩平の顔を直撃した。隣にいたマネージャーが制止する暇さえなかった。

ていた。チューが頬を流れおちていく感覚を覚えた。飯粒が顔面にこびりつき、アルミホイルにはいったシチューが頬を流れおちていく感覚を覚えた。目をおとすと、鳥の唐揚げは地面に転がっ

である。浩平は安藤あゆみをじっと見つめた。不機嫌はその表情から去っていない。浩平は膝をおとした。そして土に汚れた唐揚げを拾いあげ、口にいれて咀嚼《そしゃく》しはじめたの

である。二十歳の安藤あゆみの顔を見つめつつ、視線を動かさないままおなじ動作をつづけた。

若いタレントは表情をゆがめた。そして「なによ、この人。気持ちわるい」と大声をあげたのだった。

プロデューサーがやってきた。五十歳近くで、浩平の上司にあたる畑山《はたやま》だ。彼はひと目見て事情を察すると、「おい、矢谷。おまえ、こっから消えちまえ」そう怒鳴ったのである。一瞬、耳を疑った。口はわるいが、この上司のまっすぐな気性には日ごろから一目おいていたのに、その彼からこんなせりふを聞く。

浩平はそのまま現場をあとにした。ロケバスにもどり、顔をぬぐってひとりで帰社の準備をしていると携帯が鳴った。流れてきたのは、さっき聞いたばかりの畑山の声である。

「わるかった」と彼はいった。「あんな程度の低い小娘でも、ご機嫌とんなきゃいけね

えときがある。この業界、全部、いまこのとき時点の力関係なんだよ。もし身の程知らずのガキの理不尽が悔しいんなら、いつかの日のために力をつけておくんだな。力を蓄えるんだ。ただいっとくが、このやくざな仕組みはこの商売だけじゃあねえぞ。覚えといたほうがいい」

携帯が切れた。そのことがあって、浩平はナイーブな学生生活では知りえない社会の成り立ちの一端にはじめてふれたような気がした。そして仕事にさらに集中するようになったのである。遺漏《いろう》があっては、力を蓄えることもできない。

「きょうの日曜は、ほんとに久しぶりの休みだったわね。でもまたあしたから労基法違反なくらい忙しくなるんでしょ？」

佐紀の声が聞こえてうなずいたが、浩平は内心ひそかに苦笑せざるを得なかった。あす月曜には、例の清涼飲料水のMAがある。母親に鳥の唐揚げの話をしたのは、あのロケでの撮影のあった日だった。あすはあの日のフォローで、デモテープで選んだナレーターがスタジオにやってきてのナレ取りと、ラッシュ微修正の予定がはいっている。またディスプレイで安藤あゆみの笑顔のアップを見るはめになる。

「じゃあ、休みでのんびりしたいところだろうけど、やっぱりあの話をしとこうよ。きょうの本題」

浩平が話題を切りかえようと考えていた矢先、佐紀のほうからそう切りだした。彼女は気軽に言い訳するような調子でつづけた。

「だって、ややこしい話はさきにすませときたいじゃない。それからゆっくり飲んだほうが、ビールがおいしい」

「そうだね」浩平もうなずいた。「姉さんは今度のこと、どう思ってんの」

「どう思うったって、われわれの両親の関係の修復についていってるのなら、それは完全に不可能だと思う。矢谷家の崩壊をきみもわたしも傍観するしかない。それが分析と結論」

「……分析と結論ね。根拠は？」

「わたし、パパとママがこのまえの深夜、リビングで話しあっているのをたまたま聞いちゃったの。あのふたりがあんな深刻なやりとりをしているなんて、これまで想像したこともなかった」

「ふうん。姉さんは深夜の立ち聞きが趣味なんだ」

「趣味じゃなくて、たまたまへんなときにへんな場所にいあわせちゃうのよ。これって宿命の一種かもしれない」

「宿命の一種ね。正常な人間なら盗み聞きとかっていうんだろうけど、まあ、それはいいや。で、おふたりさんはなにを話してたの」

「財産分与」

「財産分与？」浩平は目を丸くした。「ちょっと待ってよ。もうそんなとこまでいってるわけ？　すると離婚自体は決定済みで、いまは条件闘争の段階になってるってことじゃないか」

「わたしもビックリした。でもまあ、そういうことになるわね」

「そういうことって……。ちょっと、それ淡白すぎない？　家族問題なのに。だって、ぼくらはまだ公式に彼らからなんの話も聞かされてないんだよ。それとなくわかるでしょってな感じでさ」

「でもちいさな子どもがいる家庭はべつにして、ふつうはそういうもんじゃないのかな。彼らが照れくさいのはわかるもの。後ろめたい気分もあるだろうし。だいたいママの不倫が原因なんだから、そういうところがあって当然だと思う」

　浩平はつかのま沈黙したが、とりあえず訊いてみた。

「その財産分与の交渉ってどういう内容だった？」

「原因が原因だから、両者ともに慰謝料を請求しない。本来なら、パパに相手側の男性も訴える権利があって形勢有利なんだけど、さすがに体面を考えたんじゃない？　離婚の成立はいつになるかはわからないけれど、それほど遠くないわね」

「すると、いまの家はどうなるんだろ」

「もちろん所有者の登記はパパのまま。きみはパパと一緒に残るだろうから、ママとわたしがふたりで家をでていくことになる」

　浩平は絶句した。

　まるで予想しなかった事態ではない。子連れどうしが再婚し、ふたたびわかれる場合、おたがいはそれぞれの実子をともなうのが自然なかたちだろう。いざというときを考え、浩平が図書館やネットでさまざまなケースを調べてみたところ、ほとんどの場合がそうだった。ついでに、再婚した相手の子どもは自動的に自分の子どもになるのではなく、法的にはおたがいが養子縁組の手続きを踏む。そんな意外な事実まで知ることとなった。すると佐紀のいうとおりなら、このクロスした縁組が解消されるわけだ。ただし、姉弟のふたりはすでに成人しているのだから、戸籍や住居問題は形式にすぎないということもできる。

浩平は思わず詰問口調になった。

「家をでてくったって、どこへいくんだよ」

「賃貸物件なら、いくらでもあるじゃない」佐紀がジョッキをかたむけながらあっさり答えた。「とりあえず、生活には困らないしね。ママは短大で教えてた時代の蓄えが残ってるし、わたしも会社辞める気はいまのところないし」

「あのさ。いまごろになって、すごく素朴な疑問なんだけどさ」

「どんな疑問？　きみが素朴っていうと、ほんとに素朴に聞こえる」

「人徳だろ。それよか、いまの事態を招くきっかけになった動機が全然わかんないんだけど……。だいたい、むかし短大の先生やってたおばさんが、五十すぎてから、どうして話し方教室なんかへ通おうなんて酔狂な真似を思いつくわけ？　講師が講師だから、あれでミーハー気分でもあったわけ？」

「やっと核心にはいってきた」佐紀は微笑した。「微妙だから、いままでその話、避けてたもんね。それ、本人に質問したほうがいいと思うけど、たぶん答えないだろうな。ただわたしの想像では、あの人、二年ほどまえに経験買われて、衛星放送に出演して、漢詩のかんたんな講義を何回かやったじゃない。ほら、生涯学習をテーマにしてるとかいう番組で。あのとき、あとで局から見せられた視聴者アンケートが影響したみたいよ。内容と無関係な容姿とかがかなり評判よかったのには笑っちゃうけど、もうすこし一般向けに言葉づかいをわかりやすくとか、ユーモアが欲しいという意見がすごく多かったみたい。そういうわけで、あれのショックが動機になったとしか思えないわね」

浩平は深々とため息をついた。一般の家庭なら、娘がそんな事情を知るケースはめずらしいかもしれない。だがこの佐紀と彼女の母親の友人どうしみたいな関係を考えるなら、ふたりのあいだでの詳細な検討が中心となった会話の存在はじゅうぶん想定できた。「それ想像じゃなくてさ。姉さんがママからアンケート見せられて相談うけたんじゃないの」

佐紀の微笑がさらにひろがった。「うん。きみのたくましい想像力は認めてもいい。指摘の細部にも問題はないかもしれない」

彼女はそういうと、ジョッキを大きくかたむけた。そして空になったジョッキを高々とさしあげ、大声でウェイターに追加のビールをオーダーした。

新しいジョッキが運ばれてきたとき、彼女はそれを無意識にとりあげながら「だから」といってこちらに向きなおった。「だからママの不倫の原因は、このわたしにもある。そう非難されていいの」

「非難って、こういうケースじゃちょっと古くさい言い方だな。それはともかく、するとカルチャースクールの話し方教室を受講しろと勧めたのは、姉さんなわけ？」

「この時代なら、選択肢はいろいろあるって紹介しただけなんだけどね。そのメニューのひとつに、例の講座をいれといたの。でもまさか、本気であんなのに申しこむとは思ってもみなかったわよ。最近の団塊世代があんなに意欲的で過激な行動に走るって、想像を絶していた。彼らに較べれば、わたしももう時代遅れなのかもしれない」

今度は浩平がジョッキをひと息に空け、新しいビールを頼んだ。

母親、矢谷幸枝《ゆきえ》の不倫相手は当のカルチャースクールの話し方教室の講師だった。六十歳をすぎた男性で、山根俊三《やまねしゅんぞう》という。ただし、こういったタイプのスクールにありがちな来歴のあやしげな講師でなく、その世界では著名、というより浩平でさえよく知っているほどの人物である。出身がテレビの人気アナウンサーだから、意識してはいないもののニュース番組で彼の姿を見た頻度は数知れないだろう。品のいい穏やかな話し方には定評があった。山根はアナウンサー室でかなり出世もし、定年後は系列新聞社が主催するカルチャースクールの理事におさまり、自身も講座を持つようになったのだ。もちろんその講座はスクールの目玉商品で、書類審査からかんたんな面接までを経てやっと受講できるらしい。

それにしても、ふたりの関係の進展はあまりに早かった。最初に彼らを目撃したのは、幸枝がスクールに通いはじめてすぐの一年近くまえ、まだ暇な学生時代の浩平だった。渋谷の道玄坂近くを一緒に歩いているところを見かけたのだ。声をかけようとしたが、なにかが浩平を押しとどめた。そしてなにげなく眺めるうち、ふたりはラブホテルが密集する地域にさりげなく姿を消した。浩平が最初に考えたのは、こんな若者ばかりが集まるところにまぎれこんで恥ずかしくはないのだろうか、という場違いな思いだった。だがあとになって考えてみると、著名なシティホテルのほうが山根を知る人物が多く、より目立つという危惧《きぐ》があったのかもしれない。

あのとき佐紀にその話をしたところ、大きな笑い声で、なにをバカな、と一蹴《いっしゅう》されたことを覚えている。ところがそのあと、佐紀自身も似たような経験をし、さらにちいさな状況証拠がいくつか重なるようになって、姉弟は母親の行状をおおよそは知ることとなったのである。そして、きょうにいたった。

浩平はすでにかなりの酔いを覚えながら、きょう何度目かのため息をついた。

「すると、ママは離婚したあと、どうするつもり？　今度は山根氏と一緒になるのかな」

「すくなくとも彼女はその気でいるみたい。山根さんって、たしか五年ほどまえに奥さん亡くしてるでしょ。まあ、いろんな条件を考慮して、それくらいの展望がなきゃ、ママもいまの生活を放棄することはなかったと思う」

「ふうん。無邪気な情熱だけじゃないんだ。けっこう打算が作用してるんだ」

「おとなの分別という見方もできる」そういって佐紀は笑ったが、やがて自分を否定するように首をふった。「でもやはりそうよね。非難する資格があるかどうかはわからないけれど、率直にいって、そちらのほうがより正確な指摘というべきかもしれない」

「すると山根俊三が姉さんの父親になるんだ」

「さあ、それはどうだろう。あまり詳しくはないけど、わたしも成人なんだから、選択の幅はひろがっていると思う。すこしはわたしの自由意志が尊重されるんじゃないのかな」

佐紀に目を向けると、ジョッキを重ねていた彼女はいつのまにかひどく酔っているようにみえた。話題が話題だから無理はないかもしれない。戸外に視線を向けているが、無意識のようにソーセージを指で直接つまんでいる。そして依然意識していない気配のまま、その先端をひと口かじり「離合集散」とつぶやいた。「そういうのって、スポーツチームじゃごく日常的な光景だけど、このご時世、家族でも流行《はや》りになってんのかなあ。でもまさか自分の身に降りかかってくるとは思ってもみなかった」

「けど仕方ないじゃないか。ぼくらがどうのこうのできる問題じゃないし、精神的ショックをうけるというほど子どもでもないんだしさ。だから、やっぱりさっき姉さんのいったように、傍観してるしかないと思うよ。あとはおとなたちが正式に話してくれるのを待つだけじゃない？」

佐紀は依然として暗くなりつつある戸外を眺めながら、そのままの姿勢で動かなかった。彼女は何杯飲んだんだろうと考えたとき、まだほとんどジョッキいっぱいに残っていたビールをひと息で飲みほし、こちらを向いた。

　意外にさっぱりした顔をして、彼女は浩平をのぞきこんだ。なにかをおもしろがるようにその目がきらきら光っている。

「でもね。われわれにはたいへんな変化になっちゃうのよ」

「そりゃま、そうだろうさ。姉さんとは家で話せなくなるし、こんなふうに会うのだって、ずいぶんめんどうになっちまう。わざわざ事前に電話で約束しなきゃいけなくなるもんね」

「なに、それ。そのくだらない発想」佐紀が呆れたように首をふった。「きみがこだわるのは、ホントどうでもいい些細《ささい》なことばっかり。そんなめんどうなら避ける方法はいくらだってあるじゃない」

「避ける方法って？」

「考えてもごらんなさいよ。両親が離婚すれば、わたしたちは姉弟でなくなっちゃうのよ。つまり肉親関係が解消されて、おたがいフリーになる。そしたらその気にさえなれば、わたしたちは一緒に住めるじゃないの。セックスしたって近親相姦にもならないのよ。われわれふたりが結婚したって、文句をいう人間がどこにいるっていうのよ」

　浩平はジョッキを片手に持ったまま、あんぐり口を開けて、姉の顔を見かえした。

スタジオの重い扉が開き、おちついた声が聞こえた。

「ヤシマ企画の矢谷さんがいらっしゃるのはこちらでしょうか」

顔を見せたのは、ポロシャツとチノパンを身につけた、意外に体格のいい男性だった。経歴にはたしか四十二歳とあったが、デモテープ審査ののち、本人に採用決定ときょうの収録依頼の電話連絡をしたのは浩平である。

浩平は立ちあがった。

「わたしですが、島崎達夫《しまざきたつお》さんでいらっしゃいます?」

「ええ。本日はよろしくお願いいたします」

島崎は深々と頭をさげた。

一般に、CMのナレーションを担当する人物は、ふだんアニメや洋画の声優を兼ねているケースが多く、需給のバランスで中堅どころの競争はかなり激しい。そのせいか、浩平がこれまでに知ったナレーターは腰の低い人物ばかりだった。もちろん例外はある。上司の畑山の話では、彼の若いころ、ある歌舞伎俳優にナレーションの承諾を得て、当日にタクシーで迎えにいったところ、追いかえされ一日のスタジオ費用が無駄になったことがあるという。ハイヤー使用が、彼らを送迎する場合の常識だからということだった。

そういった知識を身につけるのも、彼のいう「いまこのとき時点の力関係」に該当するのだろう。島崎自身、経歴には記していないが、かつて放映されていた有名なアニメ作品で、準主役クラスの声優をつとめていたことを浩平をふくめた関係者はみな知っている。もちろんプロなら容易に声質を変化させることができ、視聴者にはまずわかるはずがないのに、それをあえて表にださないのは、こういった仕事でアニメの色彩がマイナスに作用するのを恐れているかららしい。

浩平がコーヒーを用意しているあいだ、ディレクターと島崎はさっそくナレーションの打ちあわせをはじめていた。浩平が荒選《あらえ》りしてとりよせた十本近いデモテープのうち、島崎のものは、正統的なナレーションとともにコミカルタッチや深刻なニュース風のものもふくめ、バリエーションに大きな幅を持たせた内容だった。だがどれもそれぞれのジャンルでの完成度は、かなり高かったと思う。ディレクターが迷うことなくクライアントに推薦し、彼に決定したときは自分の評価能力にひそかな満足を覚えたものだった。

本番は、トーンを変えた数パターンで五、六本とり、三十分ほどでナレ取りは終了した。もちろん使用されるのは、そのうち長くて十数秒にすぎないが、満足のいく収録といっていい。

ていねいなあいさつのあと、彼が帰ろうとしたとき、浩平はスタジオ玄関まで送っていった。彼が足を軽く引きずっていることに気づいたからである。

浩平の配慮に気づいたのか、島崎が苦笑した。

「わたし、むかしはサッカーをやってましてね。この後遺症はその時代の名残りなんですよ。足には、骨の一部にスチールのボルトがはいっています」

「サッカーですか。偶然ですね。ぼくも高校時代はやっていました。才能がまったくなかったので、卒業を機にやめちゃいましたが」

「ほう。ポジションは？」

「ディフェンダーですが、高校生活を通じてずっと補欠でした。なにしろ、スピードがなかった。島崎さんは？」

「フォワードでした。しかし、足の故障は試合中のものではないんです。あ、缶コーヒーでもいかがですか」

スタジオの玄関ロビー兼待合室にさしかかっていた。多数のソファが並び、飲料水の自販機がおいてある。島崎は返事も待たず、そちらに向かっていた。この島崎は話好きなのだろうか、それともサッカーと聞き、なんとなくシンパシーでも感じたのだろうか。いずれにせよ、きょうはこれ以後、彼に仕事のないことだけが確実だ。すこし迷ったが、満足すべき出来だった仕事への慰労からも、浩平は、十分だけ島崎につきあうことに決め、ソファに腰をおとした。

島崎が両手に携えた缶コーヒーはよく冷えていた。礼をいって目をおとすと、それはさきほど島崎がナレーションを担当したクライアントのコーヒー飲料だった。この業界で経験を重ねると、やはりこういった気配りは自然に身についていく。

だが向かいにすわった島崎は、缶コーヒーに口もつけず、自分の足にふれ苦笑した。

「この足は、まだときに痛むことがあるんです。湿りけが多くて暑い日にたまにあるんですが、きょうがそうですね」

「サッカーの試合中の故障ではないとおっしゃいましたが」

島崎はうなずいた。「わたし、じつは高校の一年生のときからレギュラーに起用され、試合に出場しておりました。まあ、自慢にもなりませんが、そんなある日のことです。ファールをめぐって対戦相手とかなりもめたんですよ。ゲーム中にカタがつけば、なんの問題もなかったんだが、後日、相手チームの数人に呼びだされましてね。けんか、というか制裁をうけました。一年生だった影響があるかもしれません。態度が生意気に見えたんでしょう。くわえて蛮風《ばんぷう》の残る土地柄だったし、時代の雰囲気もあった。おかげで金属バットで殴られ、足の骨折です」

淡々と語る島崎の口調に浩平が覚えたのは、歳月がもたらす風化だった。

「それはひどいな。でも、一年でレギュラーでいらしたんですか」

「のちに、人からよく不運な目に遭ったものだと、飽きがくるほど慰められましたよ。しかし、必ずしもわたしはそうは思っていないし、後悔もしていないんです。だって不運やばかげた行為に遭遇するのも、若者に特有の錯誤、あえていえば特権というべきではないでしょうか」

あまりにきっぱりした口調だったので、浩平は思わず島崎の顔を見かえした。そして迂闊《うかつ》さに気づき、後悔しはじめた。島崎はこの話を何百回となく、初対面の相手にくりかえしているにちがいない。このままだと彼の経歴すべてについて聞かされることになるかもしれない。それほど時間の余裕はないのだ。ではそろそろ、といいかけたが、浩平は後学のため、仕事関係の周辺だけをたずねておくことにした。

「すると島崎さんは、いまのお仕事はどうやって？」

「骨折で入院中、テレビのアニメ番組を見ていたからですよ。ベッドで動けないいたかだか高校一年の少年には、ああいった世界はほんとうに空想と夢を刺激する。この道しかないと思ったんです。だからそのころから、どうやったらその種の仕事につけるか、もう必死になって勉強をはじめていました」

「なるほど」と浩平は答えた。「じゃあ、高校時代からの夢を実現されたわけだ。ご立派ですね」

「立派かどうかはわかりませんが、おかげさまで好きな仕事につくことはできました。経済的には不安定ですが」

「島崎さんほどの実績をお持ちなら、そんなご心配はないでしょう」

「いえいえ、局アナ時代と比較すれば、雲泥の差以上ですよ」

「局アナ？　島崎さんはテレビ局にいらっしゃったんですか」

島崎が苦笑し、「じつは」といった。「これはナレーターにかんするどんな資料をご覧になっても記載されてはいないはずなんですが、わたしは三年ほどテレビ局に在籍していたことがあるんです」

唐突な打ち明け話に、浩平は反射的に問いをかえしていた。

「テレビ局はどちらですか」

「東京テレビです」

　昨夜、佐紀と話題にしたばかりの山根のいた局だった。おまけにおなじアナウンサーだ。人事異動はすくないセクションだから、時期を考えても、おたがいに面識はあるだろう。浩平が黙りこむと、島崎はその沈黙を誤解したようにつづけた。

「これは世間的に見ても、常軌を逸していると思われて仕方ないでしょうが、わたしはアナウンサーも声優へのステップのつもりだったんですよ。駆け出しのころ、当然、わたしは慣例どおりニュースを中心とした仕事を担当していました。もちろん目立たない時間帯ですが、そんなこととは関係なく自分の自然な思いをまったく表にだせないのがずっと不満で、やがてそれが限界にきた。ちょうどそんなとき、アニメ映画の声優のアルバイトはどうかとタイミングよく声をかけられましてね」

「……タイミングよく、ですか」たしかに手順は奇異にすぎるが、一種マニアックな世界だから、そういう経歴を経る手法もあるかもしれない。考えながら浩平はつづけた。

「ならそのアニメ作品は、東京テレビも出資していたんですか」

「いいえ。無関係でした」

「すると局アナでいらっしゃったのなら、サラリーマンである以上、そういったアルバイトは禁止されているんじゃないんですか。もしくは制約があって、上司の許可が必要なんじゃないのかな」

「おっしゃるとおりです。若さゆえの無知だったんですよ」島崎は正体のわからない笑みを浮かべてつづけた。「ただ弁解させていただくなら、わたし自身も周りの同僚もアルバイトには麻痺《まひ》する環境にいたんですね。矢谷さんはそのお歳だから、目にされたご経験があるかどうかは存じませんが、結婚式の司会のアルバイトなどは、日常茶飯事でした。とくに政財界の子息あたりの披露宴となると、たいていプロでかつ知名度がある局アナへ依頼がきます。スポンサー絡みのイベントなどの司会でも、営業局経由で話のくるケースが多かった」

「しかし、そういった司会の話は、アニメの声優とはまったく性格が異なるのではありませんか」

「それもおっしゃるとおりです」島崎の声にはじめて自嘲《じちょう》の気配がにじんだ。「当初は始末書を書けばいいという指示だったんですが、わたしは開きなおったんですね。上司とけんかになってしまった。それで辞表を提出する結果となりました。以後はさいわい、アニメ業界やこういったCMなどで、いろいろ話をいただくようになり、現在にいたったわけです」

するると、これまでの彼にはずいぶん曲折があったということになる。島崎の生き方は、ある観点から見るとレールをはずれている。世間の常識からいえば、失敗した人生という見方さえあるだろう。局アナ経験を公にしないのも、そういった業界の目を意識しているせいにちがいない。

浩平はどんな感情も表情には浮かべないよう努力し、目のまえの中年男を見つめた。現在のテレビ局のアナウンサーをめぐる環境は、だれもが知っている。だが彼の学生時代でも、その職種につくには凄《すさ》まじい競争を勝ちぬかなければならなかったはずだ。行政保護により、新たな競争相手の登場しないテレビ局は、銀行以上に護送船団で構成される業界でもある。その独占の結果による局社員のおどろくべき高給は浩平も知っている。番組制作関連のプロダクションに進んだ学生時代の同窓生は、月に百数十時間の時間外重労働でもまったく残業手当がでないのに、おなじ時間を立ち会いレベルの極端に軽い作業ですませた局社員のそれは青天井ということだった。浩平の場合、手当はでるにはでるが二十時間で打ち切りだ。善悪はべつにして、テレビ局はこういったヒエラルキーの頂点にある。目のまえの中年男はかつて、その位置で働いていた経験を持つ。

島崎の表情には、すでに年齢の刻む皺《しわ》があらわれている。黒々とした髪も染めたものかもしれない。中年になったいま、かつての優雅で安定した生活の放棄を、彼はほんとうに後悔していないのだろうか。人は、だれもが好きな道の選択という至上価値の建前を信じるのだろうか。浩平ははじめて疑問を持った。だが口からでたのは、自分でもさほど信じていない言葉だった。

「しかし、結局はご自分の望まれた道に進まれたわけですから、ご満足のいく判断だったということになりますね」

「そうです。それがだれにとっても、後悔のない生き方というべきではないでしょうか」

ふたたび沈黙が降りてきた。浩平はやっとその人物の名を口にする気になった。

「わたしも、東京テレビでかつてアナウンサーだった人を、個人的に存じあげています」

「ほう。だれでしょう」

「山根俊三氏です。島崎さんは面識をお持ちではありませんか」

島崎の顔に驚愕《きょうがく》が浮かんだ。「個人的にとおっしゃったが、テレビの画面ということではなく、それ以外の場で、ですか？」

浩平はうなずいた。まんざら嘘ではない。なにか情報が入手できるかもしれないのだ。とりわけ気になっているのは、母、幸枝との関係がもうマスコミ関係者あたりに洩《も》れている可能性だった。もしそうなら、山根がまだ著名人である以上、今度の離婚話は騒動にまで発展する恐れがなくもない。

浩平は説明をつけくわえた。

「じつをいうと、山根氏とのあいだにはいささか奇妙ないきさつがありまして、詳しくは申しあげられないのですが、いろいろと周辺情報を集めているところなんです」

島崎はあいまいな説明に首をかしげていたが、ふいに腑におちたという表情を浮かべた。「なんだ。そういうことですか。仕事絡みで個人的に疑念があり、どうしたものか困ってらっしゃる……。あ、これはお訊きしちゃいけないか」

そのときになって浩平ははじめて気づいた。いわれてみると、その可能性は将来、絶対ないとはいえない。この島崎とおなじく、山根俊三とも仕事のうえでなんらかの接触があるかもしれないのだ。おかげで浩平は「そうかもしれません」と答えることができた。

「もし仕事の依頼をお考えのようなら」島崎はそう切りだし、気を持たせるような間をおいてからつづけた。「それは再考されたほうがいいかと思いますよ。クライアントのためにも絶対よくない」

「なぜでしょう」

「じつは、山根はわたしが東京テレビを辞める際、けんか相手となった当の上司です。当時は課長でしたが、所詮《しょせん》、三流の人物ですよ」

浩平はひそかに息を呑んだ。島崎のあまりに攻撃的な口調におどろいたからである。辛辣《しんらつ》というより、毒をはらんでいるといっていい。

島崎がつづけた。「もちろん、当時のことを怨《うら》んで申しているわけではありません。だいいち、あまりにむかしの話です」

「……たしかに、そうですね」

「しかし仕事絡みなら、彼の起用は避けたほうがいい理由は、いまもふたつはあるはずですよ」

「ふたつ、もですか？」

「そうです。ひとつは税務問題かな」

「税務問題？」

島崎は大きくうなずいた。「さっきお話しした、アナウンサー関係のアルバイト問題ですね。企業のイベント司会などは当然、経理の記録が残るため、各関係者とも正直に申告しているはずで、これはまず問題ないでしょう。ですが結婚披露宴の司会の謝礼などは事実上、藪の中といっていい。領収書ひとつさえないんですよ。新たな門出を祝う家庭で、披露宴の司会者へのご祝儀に領収書を要求するところがあるでしょうか」

「しかしそういった習慣も最近ではよく知られているでしょう。関連社員への税務当局のシビアなチェックは、企業にとっても脅威だろうし、じゅうぶん注意ははらっているかと思いますが」

「もちろんテレビ局も、現在は厳重な個別指導をしているようですね。ですが、山根俊三のようにリタイヤ組にまでは、目がいきとどかない。とくに彼のような実績のあるクラスになると、一回に最低で百万円、年に十回以上は回数をこなすと聞きますよ。ご本人が、どの程度を申告しているか、これは寡聞にして知りませんが、税務調査がはいった場合、ニュースになるリスクはちいさくない」

島崎の地金があらわれた。たとえそれが事実であるにしろ、こういうせりふは、作業をともにした相手からは聞きたくなかった。どんな仕事も高揚と失意の往復運動、その連続なのかもしれない。浩平は気落ちしながら、もうひとつの質問に切りかえた。

「さっき、島崎さんはふたつとおっしゃいましたね」

ふたたびうなずいて島崎が話しはじめた。その内容を耳にしたあと、山根の収入や税金問題は浩平の視野からいっさい消えた。

夜の十時。

小田急線の駅から、商店街を脇道にそれて歩きながら、浩平は昼の記憶を反芻《はんすう》し、手にしたメモに目をおとした。さすがにこの住所だけは、ヤシマ企画の社内資料でもわりだせなかった。午前の島崎とのやりとりで思いうかべた番組制作プロダクションにいる同窓生に電話で問いあわせたのだ。返事は、おそろしく古いリストでようやく見つかった、とのことである。原節子なみだ。ただしこれほど古い以上、いまもここに当人が住んでいるのかどうかは保証の限りじゃないぞ、という気軽な調子の注釈つきだった。

近いうちにと思っていたが、幸か不幸か、仕事が九時ごろに終わり、ふと足を運ぶ気になったのだった。もっとも目的地の近辺を徘徊するだけで、きょうのところはそれ以上、なんの行動も考えてはいなかった。山根の愛人、と島崎が呼んだ人物が住む環境を見ておきたかっただけである。

メモの住所に位置するその家は、住宅地の一角にあり、周囲となんの変わりもない平凡なものだった。吸いよせられるように門柱に近よってみた。古い表札がかかっている。ここにまちがいはない。やはり住人は引っ越ししてはいなかった。

浩平は門前からはなれ、今度は道路の反対側に立ってみた。小ぢんまりしたひろさの土地に、それなりの規模の二階建て家屋が建っている。ブロック塀の門から玄関までは、わずかな距離しかない。もちろん貧しくはあり得ないが、豊かすぎもしない。周囲の風景に溶けこみ、目立つところのまったくない住居だった。ただかなりの歳月は経過しているらしく、いささか古びた印象はぬぐえない。

篠田由梨恵《しのだゆりえ》。それがこの家の主《あるじ》だった。島崎の言によれば、山根俊三がいまも関係を持つ間柄だという。彼女は、島崎が東京テレビに入局する十数年まえ、テレビドラマに登場しはじめたばかりの、実名でのデビューを果たした新人女優である。ところが当時、まだ自身も若かった山根が、妻がいながら、デビューしたての彼女と深い仲になった。そこで篠田由梨恵は愛人と呼ばれる境遇にあえて甘んじ、世間に名前が浸透する以前に、業界から身を引いたということだった。もちろん所属事務所とはもめたらしいが、まだテレビ局に力のあった時代である。そしてふたりの関係は周囲の予想以上に長くつづき、現在までいたっている。それは島崎が、東京テレビ在籍中の以前の同僚からも聞いている、テレビ業界の一部にいまだ残る有名な伝説であるという。

だがそれならその関係は、三十年以上にわたる長いものとなる。すると五年ほどまえに亡くなったというかつての彼の妻、それに篠田由梨恵、さらに浩平の母である幸枝三人のそれぞれと山根の関係がよくわからない。山根はかつての妻が存命だったとき、亡くなったあと、さらに現在、どの女性にもっとも心をおき、だれに最大の関心を持っているのだろう。あるいは島崎がにおわせたように、未知の女性、それも不特定多数さえじゅうぶんに想定できる。そういった女性関係の錯綜は、浩平の想像できる範囲をはるかに超えていた。

　浩平はそのまま十分ほど立ちつくしていた。目のまえの家屋の二階は暗いが、一階の窓からは明るい光が洩れ、だれかが内部にいるのはわかる。その光景にずっと変わりはなく、また変化もなさそうだが、ただなんとなく、浩平はその家屋から目をそらすことができないでいた。去りがたくもあった。不思議なことに、そこには経験したこともないかつての時代、この国にあった懐かしいにおいが漂っているような気がしたのである。そこには、モダンな雰囲気を持つ浩平の家庭とはあきらかに異質な空気が流れている。

「矢谷浩平さん、ですね」

　いきなり名を呼ばれ、浩平は反射的にそちらへ目を向けた。

　浩平が心底おどろいたのは、こんな時間、こんな場所で声をかけられたのもさることながら、目のまえに立つ男が見知った人物だったからである。ちょうどきのう、佐紀のゲームを観戦し終わったとき、スタンドで視線を絡みあわせたあのオールバックの髪の男だった。いまそのなでつけられた髪はすこしはなれた街灯の光にかすかな反射しか見せていない。

「そうです。矢谷浩平です。そちらさまは？」

　驚愕から覚め、浩平がやっとのことで答えると、男はいきなり黒いシャツの胸ポケットに手をいれた。そこから引きだされたのは、一枚の名刺だった。

「わたし、こういうものです」

低い声でさしだされ、手にした名刺に浩平は目をおとした。笹井《ささい》興行営業部長、篠田《しのだ》俊弘《としひろ》とある。笹井興行の所在地は新宿の歌舞伎町だった。

浩平は目をあげ、男を見かえした。

「篠田さん……、すると、あなたは……」

「そうです」男は唇の端で笑い、浩平がいままで見つめていた家屋を指さした。「この家にいまいるのは、わたしのおふくろでね」

「……では、母上とおふたりでお住まいなんですか」

「そのとおり。ついでにわたし自身を説明しとくんなら、その名刺でだいたい見当はつくでしょう。まあ、あなたのようなまっとうな仕事にはついていない身分と考えてもらっていい」

浩平が返事に窮していると、篠田俊弘は顎をしゃくった。

「せっかくここまで足をお運びになったんだ。うちによっていかれませんか」

浩平が迷い、返答できずにいると彼はかすかな笑みを浮かべた。

「わたしはべつにあなたを尾《つ》けてきたわけじゃない。いつもどおり自宅に帰ってきたら、なぜか偶然あなたを見かけることになった。まさかこんなところでとは思ったが、この間の事情を考えれば、いろいろ調査した結果の敵情視察とは想像がつく。これ以上、野暮はいいませんが、ぜひよってってください」

敵情視察にどういう意味をにおわせたのかはわからないが、きのうの彼自身の行状を重ねたのかもしれない。あきらかに浩平の母の存在が視野にはいっている。ただ複雑な事情を背景としたわりに、その声の響きは淡々としていた。

「しかし時間が時間でしょう」

「なあに。おふくろはそんなことを気にするタイプじゃない。それよりあなたに会えば、きっと喜ぶんじゃないのかな」

「会って、喜ぶ？　するとお母さんはわたしをご存じなんですか」

「そのようですよ」

その返答で心がきまった。この男と彼の母親が自分の存在を承知しているのなら、その周辺事情や理由をたずねるには、いわれたとおりにする以外、方法はない。逃亡したように思われたくもない。母、幸枝のためにもだ。

「では、お言葉に甘えて、ほんの短時間」

するとすぐうなずいて背をひるがえし、男はさきに立った。古めかしい引き戸を開けると「ただいま」と大声をあげた。

「お帰りなさい」

奥から声がとどいてきた。一般家庭ならごく日常的なやりとりだろうが、隣にいる男が持つ雰囲気との違和感がぬぐえない。

玄関からつづく廊下の先の扉が開いた。和服に割烹着《かっぽうぎ》を重ねた女性が姿をあらわし、足をとめて小首をかしげた。その瞬間、彼女のたたずむその光景を見ただけで、浩平は啓示に打たれたように悟ったのだ。この篠田由梨恵に、母、幸枝は絶対勝てない。

年齢はほぼおなじくらい、五十代の半ばだろう。だがその女性がまとっている空気には、どこかしら世間ばなれしたものがある。正確にはこの時代にあって、というべきかもしれない。彼女の周りには、かつてこの国から失われた空気がそこはかとなく漂っている。押しつけがましい香水のように濃厚なものでなく、さりげない石鹼のにおいにも似ている。ひと目見ただけで、郷愁を覚えるような空気が流れているのだ。いまどき想像もしなかったその気配の瞬時の納得を浩平自身、いぶかしく思った。

彼女は浩平に目をとめ、かすかな笑みを浮かべたようだった。

「あのう。まことに失礼ですが、矢谷浩平さんでいらっしゃいません？」

年齢からはどんな影響もうけていない透明な声に浩平は我知らず、どぎまぎした。こんな経験はいつが最後だったろう。考えたが回答は見つからなかった。そのうち彼女の問いを思いだし、どうして自分の正体がわかったのかたずねようとしたが、いまは質問をかえす余裕もない。それより、深夜に訪問したのに、こちらからあいさつひとつできないでいることにようやく気づいた。

「お察しのとおり、矢谷浩平です。はじめまして。こんなに夜分おそくお邪魔して申しわけありません」

「いえいえ、ようこそ、いらっしゃいました。よくこんなところまでお運びいただいて。どうぞ、おあがりになって」

彼女の浮かべた笑みに吸いこまれるように、浩平は靴を脱いだ。隣を見ると、篠田俊弘と名乗った男は、浩平に出会ったいきさつを母親に説明しようともせず、しょっちゅう連れてくる友人と帰宅したように、廊下にあがりこもうとしている。そして無言のまま、玄関脇にあるスリッパを指さした。

浩平の案内されたのは、食卓のある居間だった。俊弘が古めかしい椅子のひとつを気軽に引いてくれたとき、周囲を眺めながらふと思いだしたのは、ここの住所を知ろうとしていた際、同窓生のいった、原節子なみだ、という言葉である。偶然、口にしたのだろうが、それがいまは冗談とも思えない。その居間は、いつか小津安二郎の映画で見た一シーンのようなたたずまいを持っていた。

「飲み物はなにになさいます？　ビールでいいかしら」

「それでいいよ」答えたのは、息子の俊弘だった。それから彼はこちらを向き、にやっと笑った。「あんた、きのうもビールをけっこう飲んでたろ、お姉さんとさ」

驚愕して浩平は彼をまじまじと見かえした。「あなたはあんなところまで、ぼくらを追いかけていたんですか」

「まあね。けど店のなかにはいんなかったよ。なんせ、客がすくなかった。わたしなんかがまぎれこむと目立って仕方ない」

俊弘の口調がぶっきらぼうになったが、下品な感じはない。それが聞き手にとっても気楽で、落ちつくべきところに落ちついたという印象さえある。それにしても……。

「じゃあ、これはぜひお訊きしたいんだが、あなたはなぜ、ぼくらをそんなふうに尾けまわしているんですか」

　彼はシャツのポケットからハイライトとライターをとりだした。考えるように一本に火を点《つ》け、煙を吐きだすとおもむろに口を開いた。

「説明には時間がかかるな。尾けまわしているつもりは、こっちにゃなかった。ただそう思われて仕方ないし、それほど迷惑はかかってないだろうからあんまり気にしないでほしいんだが、やっぱりそうもいかないか。身勝手といわれりゃ否定しようがない。ただね。納得してもらうには、そもそもの事情を最初から説明する必要があるんだよ。ちょっと風変わりなものになるけど、そいつを信用してもらえるかどうかがわからんね。それでもいいかな」

「一般性はなくていいんです。だいたいが奇怪な経過をたどっているんだから。ぼくにも理解できるような説明なら、それでかまいません」

　篠田由梨恵はそのあいだ、ずっと微笑を浮かべつつ浩平を眺めていたが、その返答を聞いて立ちあがった。そして台所のほうに静かに姿を消した。ビールをとりにいくのだろう。彼女にとって、男たちふたりのいくらか緊張をはらんだやりとりは、まるで天候をめぐる日常会話の断片にすぎないというふうにみえた。

　俊弘は母親の姿を追うこともなく煙草をくゆらせていたが、やがてこちらにまっすぐ目を向けた。

「もうわかってると思うけどさ。わたしは山根俊三とあのおふくろのあいだに生まれた息子なんだよ」

「その点は名刺を拝見したとき、お名前に俊の一字がはいっていたんで、おおよそは想像がつきました」

「だろうね。けどまあ、人さまが両親を知ったあと、ふたりと比較して、わたしを評価するんなら不肖の息子というより、出来そこないといったほうがふさわしい。だからもし、おふくろがこれまでにたったひとつでもミスをおかしたとしたら、たぶんそいつはこのわたしを生んだことだよ。おやじの山根にとってもそうだろうと思う。あんただって、わたしをひと目見りゃあ、わかるだろ」

「それはどうでしょう。ぼくはまだあなたをよく存じあげない。しかしそれはそれとして、さっきの質問にもどるが、あなたはどうしてぼくや姉のことをご存じなんですか」

「あんたのお母さんがおふくろとわたしに話してくれた。赤の他人のわたしがお宅の細かいあれこれをどこまで知ってるか。こいつを話せば、きっとあんたは仰天すると思うよ。失礼を承知で一例をあげりゃ、あんたとお姉さんは血がつながっていないとかね」

　浩平は目を見開き、愕然としたまま背もたれに身体をあずけた。仰天という意味では、たしかに彼のいうとおりだ。いきさつについての説明が突飛にすぎ、どんな常識からも想像できる範囲にない。

　だがやがて気をとりなおし、目のまえの男を見つめかえした。ただこの篠田俊弘がでまかせを口にしているとは思えなかった。姉との関係は思いつきによるものであるわけがないし、虚構を口にする理由もない。

「母が、あなたたちに話した？　いつ、どこで、ですか」

「この家にやってきたときだよ。ひと月ほどまえだったか。三日間、連続して、あんたのお母さんはここに顔をみせた。けど、わたしは仕事があって、ごくわずかな時間しか話せなかったな。あとは全部、おふくろ経由で話を聞いた」

「この家に、やってきた？　ひと月もまえに、三日も連続して、母がここに通ったんですか？」

俊弘が声をあげ笑いはじめた。「気がついてるかい。あんた、オウムみたいに人真似しかしゃべってないぜ」

「そりゃそうでしょう。あんまりおどろくようなことばかり聞かされるんだから。そんな奇想天外な話をいきなり初対面の人から耳にするとは夢にも思わなかった」

俊弘が煙草をくわえようとする寸前でとめ「あ、そうなのか」と独り言のようにつぶやいた。「いや、そうだった。家族にも隠しとく事情ってのは、なきゃおかしいってほうがふつうなんだ。わたしはおふくろに悪事でもなんでもあけすけに話しちまうから、世間の常識をたまに忘れっちまうとこがあってさ」

「……残念ながら、うちはその世間の常識に属する一家庭のようですね。じゃあ、ぼくの母はどんな方法で、あなたの母上とこの家の存在を知ったんでしょう。知ったうえで、なにを動機にここまでやってきたんでしょう」

「そりゃあ、山根俊三があんたのお母さんに事情をみんな話したからじゃないか。当然、あんたのお母さんはうちのおふくろに興味を持ったと思うよ。顔を見たかったし、声も聞きたかったろうさ。おやじはしょっちゅう接触する相手に、事実を一部だけ隠せるような器用な人間じゃあないんだ」

浩平は絶句した。この時代、ひとりの男がそんなふうに自分の周辺すべてをオープンにするようなことがあるのだろうか。だがこれまで聞いた話に脚色がないのなら、全体を合理的に説明できる理由はそれしかない。単純だが、唯一説得力を持つ背景ではある。

それでも浩平は再確認せざるを得なかった。

「……山根氏ご自身がすべてを周囲に話している、ということですか」

「周囲ったって幅は狭いけどね」俊弘は首をかしげ、自分の吐きだした煙の行方を眺めた。「あんたも、おやじが長年連れそった奥さんを亡くしたのは知ってるだろ。もう五年になるか。わたしは会ったことはないんだが、その奥さんだって、うちのおふくろの件は最初のころから知ってたよ。おやじから話を聞かされてのことだ。最初はもちろん、たいそう恨まれたそうだ。まあ、当然の話だろう。けど二十年ほどまえ、おふくろがはじめて彼女にあいさつにいってから、先方の態度が少しずつ変わりはじめたんだとさ。それから何度か会ううち、いつか友だちみたいになっていった。こんな奇妙な成りゆき、信じる信じないはあんたの自由だけど、わたしがおやじから聞いている限りじゃ、事実らしいよ。最期のころ、あの奥さんは二年ほど病院に入院したきりだったんだが、当時はわたしももう二十代になっていた。おふくろの病院通いが日課になってたことは知ってる。見舞いというより、病人の世話係のおばさんというほうが似あいだったかもしれないね。そのころには、奥さんはおふくろと話すのが一日でたったひとつの楽しみになってたらしい。わたしは最後まで病院行きを遠慮してて、この話もおやじから聞くしかなかったんだが、それほど修飾されちゃあいないと思う」

「……すると、山根氏はかかわった女性のことを逐一それぞれに話していた。そういうことになるわけですか」

俊弘はあっさりうなずいた。「そういうことになるね。山根俊三は、いまどきめずらしいタイプかもしれないが、天然記念物ってほどに珍種ってこともないだろう。ただし、逐一ってのは語弊があるかもしれないな。おやじは、生涯にこれまで、関係を持ったのはたった三人だけらしいから」

あっけにとられて浩平が沈黙すると、思いだしたように俊弘がふたたび笑いながらつけくわえた。

「そうそう。ひとつい忘れてた。わたしもあんたのお母さんにお目にかかったとき、なんとなくその話を納得したんだよ。おやじの三人の相手の魅力ってのには、見事に狂いがなかったみたいだってね。亡くなった奥さんだけには会っちゃいないが、やっこさん、女性との出会いには、一度も失敗がなかったように思う。ありゃ果報者の人生といっていいんじゃないのかな。このわたしが息子だという点だけを除けばさ」

「うちの母にそんな魅力がありましたっけ」

「息子さんには身近すぎて、家族にかんしちゃ見えにくいところがあるかもしれないね」

浩平のいまの仕事、ＣＭの制作作業という世界はすさまじく詳細にわたり、話の進展が早い。それでも俊弘が進める話の内容の細部についていくには、信じられないほどの集中と苦労が必要だった。ただ、ひとつだけ直観でわかる程度のことはある。この俊弘はおそらく嘘をついてはいない。どんな話にも修正をくわえてはいない。

扉の開く音がして、篠田由梨恵がビールとコップ、それにいくつかの深皿と大きな土鍋の乗った盆を運んできた。彼女のもどってくるのに時間がかかったのは、かんたんな料理までつくっていたせいか。考えながら浩平は、テーブルの中央におかれた不格好といえるほど古めかしい土鍋を眺めた。

「お待ちどおさま」

彼女が蓋をとると、盛大な湯気がたち昇った。鍋の中身はおでんだった。真夏の夜におでんか、とは思ったが、こんなおそい夜にしては、種類の多すぎる具がぐつぐつ煮えたぎっている。ふと俊弘がつぶやきを洩らした。

「これが当面、わたしにとっちゃ最後の晩飯になるか」

浩平が思わず彼に目をやったのは、その声のあどけないほど無防備な響きのせいだった。

「そうね。俊弘さんも好物とは縁遠くなるわね」さりげなく答え、彼女は浩平のほうを向いた。「ごめんなさい。鍋なんて季節はずれで暑苦しいでしょうけれど、これはけさ、この人のリクエストで準備しちゃってたの」

立ちあがった彼女はいったん壁際に動き、なにかのスイッチにふれた。やや高くなった音からするとエアコンを強くしたらしい。

思わず浩平は口をはさんだ。

「おでんは、季節を問わずぼくも好物です。しかし、いまおっしゃった当面とか最後ってどういう意味ですか」

「あんたは気にしなくたっていいさ。つまんない独り言だよ」

苦笑した俊弘が、自然なしぐさでビール瓶をさしだしてきたので、浩平はコップをかたむけてうけた。そのビールを半分ほど飲みほし、手をのばして今度は土鍋にそえられたレンゲを手にとった。

鍋からいくつかのタネとダシを深皿に移す。箸で最初に、なかの大根をとりあげてみた。ひと口噛んでみると、サクッとした噛み応えのあと、瞬時にして舌に溶けていく野菜の感触があった。こんな手軽な料理なのに、たぶんおそろしいほどの下ごしらえの時間がかかっている。さらに厚揚げの舌ざわりにふれると箸がとまらなくなった。浩平の母も料理はかなりうまいほうだが、料理屋をふくめ、このおでん以上のものはこれまで口にしたことがない。薄味であることから、篠田由梨恵が関西、なかでもおそらく京都の出身だろうと見当をつけた。

土鍋をすべて探検しようという気になり、箸で鍋の底まで探っているとき、ちいさな断片がふれてきた。なんだろうと思い、引きあげてみると、それは鳥肉の断片だった。浩平は肉片をつまんだ箸先を眺め、苦笑を洩らした。こんなところにまで鳥がつきまとってくるのは、なんの因果だろう。だが覚悟して口にいれた瞬間、いつかの唐揚げで経験したものとまったく異質の感触を覚えた。薄味のダシが沁みわたり、弾力のある熟した果肉みたいな歯ざわりをつたえてくる。素材が異なるかとさえ思うほどだ。浩平はつづけて鍋の底から鳥肉をふたつすくいあげ、間をおかず口にいれた。

篠田由梨恵がその光景を目にとめたらしく、たずねてきた。

「浩平さんは、鳥をお好きでいらっしゃるの」

「ええ」浩平は微笑して答えた。「苦手だったんですが、ごく最近、好みが変わったようです」

俊弘も食欲は旺盛《おうせい》だった。さっき晩飯という言葉を聞いたが、材料を口に運ぶスピードが尋常でない。浩平も気がつくと、この真夏の夜、信じられないほどの短時間で男ふたりは、あれほど中身が大量にあった土鍋を空にしていたのである。浩平は、俊弘とともに食事の終了を同時に知ったとき、おたがいなんとなく顔をあわせ、笑みを浮かべた。

そのとき頭に浮かんだのは、なんと奇妙ないきさつで自分はこの場所にいて、こんな食事をすませることになったのだろうという思いだった。だれが見ても、奇異に映る光景だろうとしか言いようがない。

「すごくおいしかったです」

浩平がなんの芸もない礼を口にすると、篠田由梨恵が、ありがとう、と明瞭な声で答えた。そして輝くような笑みを浮かべて土鍋をテーブルからさげる姿に目をとめ、浩平はふたたび確信した。やはり母の幸枝は、彼女にかなうところがない。山根のほうの考えは不明で、彼がどんな思いでいるのかはもちろん定かでない。ただもし自分が山根なら、篠田由梨恵の存在がある以上、幸枝を後添えに迎えようとは思わないだろう。もちろん自分の趣味が、山根をふくめた万人に通用すると断言できるわけではない。だが姉の佐紀はなぜ、そう考えたのだろう。きのう彼女とかわした会話がよみがえり、さまざまな疑問が再度ふくれはじめた。

俊弘はふたたびビールにもどっている。彼の姿を眺めながら、浩平はこの際、もう遠慮は忘れようと心にきめた。

「いま考えていたんですが、俊弘さんにはいちばん最初の質問にまだ答えていただいてなかったですね」

「そうだっけ。どの質問かな」

「あなたがなぜ、ぼくと姉に興味を持ったかということ。とくに姉のほう。周辺事情、母を中心とした話を聞いているうち、どこかへいっちゃったようです。きのう駒沢で、おたがい顔をあわせたのは記憶してらっしゃるでしょう？　じつはあのとき、ぼくが思いうかべたのは、最近、姉が話題にした出来事なんです。これは気をわるくしないで聞いてほしいんだけど、彼女は、黒シャツを着てオールバックの髪形をした奇妙な風体の男を、会社近くと空いた電車のなかで二度ほど見かけたそうですよ。じっと自分に視線を向けつづけているのを感じて、ストーカーめいた印象をうけたという。だけどいっこうに心当たりがない。母にかんするいきさつはおおよそわかりましたが、なぜ家族の姉にまで関心をお持ちになるのか。こちらのほうがよくわからない」

俊弘は苦笑した。「わたしが追っかけたのは、あんたのお姉さんだけじゃないよ。申しわけないが、あんた自身にも興味を持って近づいたことがある。一度なんか、自宅から会社までずっとすぐうしろを歩いていったことがあるね。あんたは、まるで気がつかなかった。時間帯が不規則なんでこっちは苦労したけどさ」

浩平は一瞬、唖然《あぜん》とし沈黙を余儀なくされたが、ふたたび口を開いた。

「じゃあ、訂正しましょう。あなたはうちの姉だけでなく、ぼくら姉弟のふたりになぜ興味なんかお持ちになったんですか」

そのとき脇からやわらかな声が聞こえた。いつのまにか浩平の隣にすわっていた篠田由梨恵が息子に声をかけたのだった。

「全部、お話ししてしまったら？　俊弘さん。そのほうが気が楽になるかもしれませんよ」

「けど予定に綻《ほころ》びができちまう」

「この方、浩平さんならその心配はまったくないと思うんだけど。あなたも本心では、おなじ考えでいるんじゃないかしら」

「綻びって、いったいなんですか」

浩平が思わず口をはさむと、俊弘がこちらに視線を移した。表情を消した顔、その目だけに考えこむようないろが浮かんでいる。同時に、そこには息苦しいほどの切迫も見てとれた。浩平はふいに危ういバランスが部屋中に漲《みなぎ》ったことを知った。静まりかえった空気のなか、緊張がどんな流れも、だれの呼吸さえもとめている。

「わかった」やがてそのきわどい均衡を破るように、彼は大きく息を吐きだした。「そんならいまから、ごくかんたんな話をするよ。省略の多い短い話だ。それでもその話を聞いたら中身は全部、忘れてくれ。そいつが事の綻びをなくすって結果になるからだ。それがあんたのためだ。わたしのためでもある」

「忘れるかどうか、聞いてから判断しちゃ駄目でしょうか」

「駄目だ。それが条件だ」

「わかりました。話してください」

即答を耳にしても、俊弘は新しくとりだしたハイライトの一本に火も点けず、しばらく口にくわえていたが、そのうちライターの音がとどいてきた。最初に吐きだした煙の行方を眺めながら、俊弘がぽつりとつぶやいた。

「あした、わたしは警察に出頭するんだよ」

「出頭？　俊弘さんは、なにかの犯罪に手を染められた。それが理由ですか？」

「犯罪に手を染める、か」彼は唇の端をゆがめ、かすかに笑った。「そういう言い回しは、われわれの業界にあんまり似あわないかな。けどわたしは過去はともかく、このところはなんの犯罪にも手を染めちゃいないと思うよ。まあ、罪をおかした記憶はないね。ただし警察にとっては、もちろん犯罪の自白以外、出頭を歓迎する理由はないだろうな」

「じゃあ、なぜ」

「もしわたしがあした警察に出向かないとする。そうなりゃ、人の命、二、三人分が消えることになるんだよ」

浩平は、俊弘の言い分の真意が理解にまで浸透するのを待った。それから、きょうは何度おどろかされることになるのだろうと考えた。そして呆れながら、いつのまにかゆっくり首をふっていた。

「人が二、三人も死ぬことになるって意味ですか？　つまり、殺人が誘発されるってことですか？　なにがどうなってそうなるのか、ぼくにはまったくわからない。どんな事情があって……」

俊弘がさえぎった。「理由とか事情なんかどうでもいいさ。いったとおりになるだけだ。わたしがその役目を果たさなきゃ、当たりまえの結果が目に見えてる。ただそれだけのことだよ」

浩平は黙りこみ、目のまえの男をじっと見つめた。いまそのまなざしは澄んで、ほかにはなんのいろも浮かべていない。懸命に考えたあげく、ようやく浩平はたずねることができた。

「そういう結果が目に見えているとして……、それでもあなたはなんの犯罪もおかしてはいない？」

「まあね」

「ということは、だれかの身代わりで出頭するというたぐいの行為ってことですか。たとえば、あなたの上司にあたるだれか、もしくはあなたの部下の不始末を処理するとかって理由で。ぼくにはなんだかあとのように思えて仕方ないんですが、そのおかげでなにか深刻なトラブルの拡大を防ぐことができる。それは、出頭するのがあなただからこそであって、ほかの人間では代用がきかない。そういうことなんでしょうか」

「そういう小むずかしい質問はせんでくれ。わたしは目論見《もくろみ》どおり、自分にできる役割を果たした場合とそうでない場合の予想を口にしているにすぎないんだ。ただまあ、あんたの直観は素直に認めてもいい」

その回答で自分の問いが、大きくは的をはずしていないことを浩平は悟った。

「しかしそんな理不尽な……」

「理不尽だろうがそうでなかろうが、わたしの稼業じゃそういう星のまわってくることがある。どっちか片っぽを選ばなきゃならないときがあるんだよ。けどさ。わたしが収監されるだけで、人ふたりか三人の命が助かり、おおむね四方が丸くおさまる。こいつはほかの世界、たとえば政治とか経済とかなんでもいい。どんな業界でも、たったひとつのちっぽけな原因と効果の関係を考えてみりゃあ、これ以上の策はふつう望めないんじゃないか？　このへんの事情は、周りの見物人には、だれにもわかりゃしないさ。わかる必要もない。だから話はここまでだ。これ以上、もう話すこともない」

沈黙が降りてきた。彼のいう見物人、浩平にとってはたしかに想像を絶した世界だった。こういう立場に追いこまれる人間やそういった事態の周辺は、フィクションで見聞したことはある。だがそれは、これまでに接触したどんな現実とも百万キロはなれた世界での出来事だった。そんな遠い世界の人物が、いま目のまえにいて泰然《たいぜん》と煙草をふかしている。

「収監か」

遠すぎる世界にあり、今後も馴染《なじ》みを持たないはずの単語を浩平は我知らず口にした。するとと静かな反応をかえすように、彼の母親の透明な声が聞こえた。

「じつをいうとね。調べればおわかりになるでしょうが、この人はいま執行猶予中の身なんですよ。いまはその二年間の半ばがすぎたくらい。だから今度は実刑がまちがいないの。おそらく判決は五年か六年でしょう。俊弘さん自身にはどんな罪の影もないのに……。それでいて、この人、意志は変わらないでいるようなんです」

「母さんは黙っといてくんないか。この話にはもう何十時間もかけたじゃないか。それだけの時間に見あった結論だし、母さんも結局は納得したろ。おやじだって最後は首を

縦にふった

「そうでしたね。わたしは無理に納得したんだった」

ふたたび透明すぎる声で、母親がひっそりとつぶやいた。

これほど激しい断念の思いがこもる言葉は耳にしたことがない。ふいに切迫し、怒りに似たもののふくらんでゆく思いが浩平をとらえた。ならいまはなにを口にしても、意味なく消えていくだけだ。それは所詮、赤の他人、見物人の言葉だ。浩平はおなじ部屋にいる母と息子、そのどちらにもなんの声もかけられずにいた。長いあいだ、その沈黙を守らざるを得なかった。だがそのうち、奇妙なことに親子ふたりのあいだを流れる血の温度を感じることができるような気もしはじめたのである。

「なあ、あんた」声が聞こえて顔をあげると、俊弘がこちらを静かに見つめ、いまは微笑を浮かべていた。「一応、確認するぜ。いま聞いた話、全部、忘れてくれたかい」

浩平は、その口調に声が喉に詰まるような感覚を覚えた。そして短い時間をおき、ようやくうなずいた。

「ええ、全部忘れました」

「じゃあ、こっちの思いだしたことをつたえとくよ。さっきの質問の答えだ。あんたの忘れた話からすると、わたしは当面、ろくでもない人間としか接触できやしないだろう？　だからそれまで、世間で自由にいるあいだに、ごくふつうの、それもあんまり縁遠くなくて、わりに近くにいるはずの人間にふれていたかったんだよ。その人たちの呼吸や体温を身近に感じていたかったんだと思う。ところがわたしの世間は、けっこう狭いじゃないか。だから、あんたとあんたのお姉さんを勝手に選ばせてもらった。そういうわけだ。けど、じっさいストーカーあたりにはみえたかもしれないな。それで迷惑かけたようなら、勘弁してほしい。このとおり謝るよ」

俊弘がテーブルの向こうで静かに頭をさげた。浩平はあわてて手をのばしたが、それは彼の頭にさえとどかなかった。

「勘弁もなにも、ぼくは質問しただけで抗議しているわけじゃない。もし気分をわるくされたんなら、こちらがお詫びします」

「ありがとうよ」やがて頭をあげた俊弘の表情に、浩平はひっそりたたえられた笑みを見た。「けどさ。迷惑ついでだったが、おかげで最後の最後にいいものを見せてもらったな」

「いいものって？」

「きのうの駒沢」と彼はいった。「お姉さんのゴールだよ。あんなボレーシュートが、まさか女の子のキックで見事に決まるとは夢にも思わなかった。こいつは自分でも不思議なんだが、お姉さんの身体が浮いたあのとき、彼女自身が輝いたような気さえした。あんなに夏の光がまぶしかったのにさ。こんな歳して恥ずかしいが、ゴールの瞬間、わたしは涙がでそうになったよ。スポーツを観ててあんなふうになったのははじめてだった」

「……あれには、ぼくも感心しました。でもそれにしては、試合後のあなたは仏頂面だった」

俊弘は声をあげて笑った。「これが地なんだから仕方ないだろ」

「俊弘さんは、スポーツはなさるんですか」

彼が首をふると同時に、母親が鈴の鳴るような笑い声をはさんだ。

「この人はまったくの無趣味なんですよ。とくに自分でするスポーツは苦手のようで……。そのあたりは両親に似たのかしら。うちの関係者で趣味があるとすれば、山根くらいのものですね」

「へえ。山根さんはなにが趣味でいらっしゃるんですか」

「漢詩」と彼女が答えた。「ずいぶん凝っています。浩平さんのお母さんはそちらの専門分野の方でいらっしゃるでしょう？」

浩平はうなずき、ようやく腑におちた。母、幸枝がこの篠田由梨恵とほぼ対等の立場でいられたのは唯一、彼女がその分野でこれまで生きてきたからであるにちがいない。

そのとき、ふと壁の時計が目にはいった。さすがに時計だけは古色蒼然としたものが残ってはいず、白い盤面をおそらくはデジタルで針が動いている。十二時過ぎだった。

浩平はこの部屋と、この部屋にいる人間にまだ心を残しながら、その質問を口にした。

「小田急の新宿行き最終は何時ですか」

ホームに立ったのは、最終電車がやってくるまで、もう五分もないころだった。小走りにこの駅までやってきたので、呼吸がいくらか荒くなっている。だがようやくおちついてくると、時間の遡行《そこう》していく感覚が訪れた。

泊まっていくよう勧められたのは、ありがたい話だった。だが、今夜は篠田由梨恵が息子とすごす最後の夜なのだ。すくなくとも数年のあいだ、彼らが好きな場所を選んで会うことはできない以上、どんな邪魔もあってはならないだろう。

今夜のことを、姉の佐紀にどんなふうに報告しようかと考え、浩平は当分のあいだ、伏せておくことに決めた。なにしろ矢谷家は家族どうしがおたがいに隠し事を持つ、ごくふつうの一般家庭にすぎない。おまけに崩壊寸前でもある。佐紀は依然、母親の幸枝が山根と一緒になると考えているかもしれないが、それは浩平にとって、もうどうでもいい話だった。いまは、小娘が目上の男に弁当を投げつけてくる世界、中年のナレーターが恨みをはらす目的で会話する世界、そんな気ぜわしい場所へもどっていくためにだけ、最終電車を待っている。

ただこれからは、おそらく何度もこの駅までやってくるだろう。そして懐かしい空気の流れるあの家を何度も訪問するだろう。そのときには篠田由梨恵から、きょうのように手料理でもてなされることがあるかもしれない。彼女の息子があの家を留守にしているあいだ、そんな歓待をうけるようなことがあるなら……、もしそういうことがあるとするなら、彼はその光景を歓迎してくれるだろう。

浩平は、俊弘との別れ際、彼が口にしたきのうの駒沢競技場、あのゲームで佐紀が決めた鮮やかなシュートを思いうかべた。彼女の顔面から飛び散った汗に一瞬、虹が浮かんだと考え、すぐ錯覚だと思いかえした。だが、あるいはそうでなかったかもしれない。あのとき彼女自身が輝いた。俊弘もそういったのだ。夏の光のなかに遠く、ほんとうに虹が浮かんだのかもしれない。

今夜、もし佐紀が起きているようなら、あのとき虹を見たんだと告げてみよう。彼女はどんな表情をかえしてくるだろう。

考えていると最終電車の明かりが見え、遠い響きが轟音《ごうおん》に高なりはじめた。

水くら
母げ

クラゲが浮かんでいる。数多くの透明なクラゲが、草原の上空でゆらゆら揺れている。風の音と鳥の声が聞こえる。幻想的でのどかな光景だ。だがやがて、BGMが転調する。

風雨のざわめきが徐々に高まり、雷鳴が轟《とどろ》きだす。するとクラゲが動揺しはじめる。さらに不気味な黒雲のひろがりとともに動きが激しくなっていく。そして天候がいっそうあやしくなり、空が真っ暗になったとき、クラゲの群れは混乱の極《きわ》みに達した。ざわざわと移動しつつ衝突を重ね、それぞれてんで勝手にかたちを変えていく。空のいろに染まり、青く透きとおっていた体内が毒々しい赤になって、チカチカ明滅しはじめる。空中で蠢《うごめ》く数かぎりない真っ赤なクラゲ……。

クラゲの混乱はしばらくつづいた。と、突如、目のまえが真っ白になった。数秒おいてふたたび映しだされたのはもとどおり、クラゲの群れが明るい光を浴びるのんびりした光景だった。

「ふうん。なんかユニーク。おもしろいね、これ」

「でしょ？　インスタレーションも」

麻生《あそう》和夫《かずお》は、壁面にひろがった映像から目をそらし、ちらとわきに目をやった。女子大生らしいふたりがひそひそささやきあっている。ひとりはこの方面の専攻らしい。ほかにギャラリーの客は、男がひとりいるだけだ。

「インスタレーション？」

「なんてのかな。こんなふうに空間全体をアートで演出しちゃう展示のこと。サウンドもふくめて空間全部が作品になってるわけ」

「なんだあ。イラストの親類かと思った」

「バーカ。現代美術の常識だよ。美術の世界もデジタルのせいで、いまは範囲がずいぶんひろがってんだから、それくらい知っとかなきゃ時代おくれになっちゃうよ」

「いいもん。わたしなんか、携帯の操作だけ知ってればやってけるもん。でもこんな奇妙なものつくるのってどんな人？　あんた、この人の授業とってるっていったんじゃなかった？」

「うん、沢木《さわき》先生。あの人、かっこいいよ。もう三十いくつだけど、なんかお嬢さんぽいのにいっつもスッピンでジーンズはいてる。男の子にもすごい人気ある」

「ふうん。三十いくつか。もうおばさんじゃない。でもおばさんなら、かっこいいおばさんにはなりたいね。南陽《なんよう》大学で美術教えてるって、なんかかっこいいじゃん」

「まあね。沢木さんって、そのお手本みたいな人だな。演習に熱心だし、講義もおもしろいし。講義はデジタルアート表現概論っていうんだけど……」

　ふたりはひそひそ会話をかわしながら外へでていった。

　南陽大で、デジタルアート表現概論か。思わずつぶやきになりかかった声を抑え、麻生はあらためて周囲を見まわした。

場内は、入り口にある分厚いカーテンのおかげで暗くなっている。その向こうにある受付には、さっき若い女がひとりいた。いまの話からするとあの娘もギャラリーの人間でなく、学生か大学の関係者かもしれない。天井近くにプロジェクターが何台かあり、そこから白い壁面にクラゲの画像が投影されている。カーテンわきにあるコーナーには、パソコンのキイボードがデスクにぽつんとおいてあった。青山という土地柄には似あいの、小ぢんまりしたモダンなギャラリーである。

もうひとり残った男は、麻生よりさきにここにいた。長髪が肩までのび、しゃれたスーツを身につけている。これもまたこういったギャラリーには似あいの客だ。ふと目があった。男が首をかしげたような気がしたが、麻生は画面に目をもどした。クラゲの群れは、あいかわらずのんびり揺れている。草原には明るい陽が射している。さっきのサイクルは十分くらいだった。例の混乱が再開するころだ。空が暗転する。そろそろ切りあげるか。考えたとき、背後に声があった。

「ひょっとして、麻生さんでしょうか」

ふりかえった。さっきの男が笑みを浮かべている。ぼんやりしたうす闇のなか、その笑みがどういうものか、正体が定かではない。最初思ったほど若くはなく三十代半ばにみえるが、見知らぬ顔だった。

「どなたかな」

男は白い歯をみせ、名刺をとりだした。画面の反射光にかざすと、森川泰《もりかわやすし》という名、それに南陽大学文学部助教授の肩書がかろうじて読みとれた。

「森川といいます。沢木真弓《まゆみ》さんの同僚です」

面識はないのに、どうして……。いいかけて口をつぐんだ。こんなところに、よれよれのジャケットとジーンズ姿の場違いな四十男がいれば、目立ちはするだろう。おまけに脇に競輪の予想紙をはさんでいる。ただし、すぐそれとわかるなら業界関係者か、麻生の職業を知っている人間以外にはないはずだ。

察したように男がいった。

「いや、麻生さんの話は聞いていますから。なんとなくそんな気がしたら、やはりそうだった。顔写真をなにかの折りに雑誌で拝見したことがあります」

雑誌の顔写真というなら、かつて何度か広告専門誌に載ったもの以外にはない。麻生は無表情のまま答えをかえした。

「話って、真弓は……、いや、彼女は職場の同僚にそんな私生活まで話してんのかな。それもずっとむかしの話なのに」

「失礼。同僚というのは事実だけれど、すべてじゃありません。ほかにも事情がなくはないんです」

麻生は森川と名乗った男の端正な顔をじっと見かえした。口調とは裏腹に、なにかを吹っ切るように声をかけてきたような感じがする。同時にＢＧＭが不気味に変化した。

機先を制するように男がいった。

「外にでませんか」

「なぜ」

「ここで偶然、お会いできたのは運がよかった。これもなにかの縁だから相談にのっていただけないでしょうか。沢木さんのことなんですが」

こいつがおれのことを知っているなら、やはり真弓が話したのだろう。この男は彼女とそういう関係なのか。いずれにせよ、いまのおれには関係ない。ことわりかけて、ふと躊躇《ちゅうちょ》した。男の目のいろが、急に幼い青年が持つ揺れをみせたような気がしたからである。この森川という男は、この展示に何度も足を運んでいるにちがいない。そしてまたまおれを見かけ、唐突《とうとつ》な申し出を切りだしてきた。因縁か……。麻生は結局、うなずいた。どうやって時間をつぶすか考えていたせいもある。夕方までやるべきことはなにもない。

カーテンを抜けて受付のまえにでると、彼は芳名帳を指さした。いちばん新しい欄には森川泰とあり、そのまえにはずらりと女性の名が並んでいる。

「麻生さん、記帳していらっしゃいませんね」

「あんたの知ったこっちゃないだろ」

「それはそうだ」

麻生のぞんざいな口調に、受付の女の子がきょとんとした顔でこちらを見あげた。その視線を無視し表に向かうと、ごく自然に森川がうしろをついてくる。ロビーに貼ってあるポスターが目にはいった。沢木真弓『クラゲの四季』。あとは期間と場所だけで、コピーのたぐいはいっさいない。ビジュアルはさっき見たばかりのクラゲだった。素っ気ないが、わるくはないデザインだ。これも真弓の手によるものだとすぐわかりはするものの、タイトルの「四季」が妙な案配だと思う。

表にでると、五月終わりの陽光がまぶしかった。

森川がふりむいた。「麻生さん。お昼は?」

麻生は時計を見た。十二時五十分。そろそろ京王閣第五レースの発走時刻が近い。

「まだ喰ってない」と麻生は答えた。

「おなじだ。じゃ、軽い食事でもとりながらお話ししませんか」

森川は答えも聞かず、今度はさきにたち青山通りに足を向けた。麻生は黙ってあとにつづいた。すぐ通りまででると信号待ちのあいだに森川がたずねてきた。

「さっきの作品、どう思われました?」

「長すぎる。あの程度の原始的なもんに、なんで十分もかける必要があるんだ。インスタレーションってのは、どうも好きになれん」

答えてから苦笑した。おれの話し方は初対面の人間に向けてのもんじゃないな。たとえ、相手が目下であってもだ。最近はどうもいかん。これが癖になっちまったのはいつごろからだったろう。

だが森川は屈託のない笑いをかえしてきた。

「三十秒、十五秒のCMの世界で活躍されているCDの方だから、そう見えるのかもしれませんね。もちろん偏見だといわれれば否定しませんが。でもぼくにとって、あれは非常に興味深いものでした。いろんな意味で」

森川という男のおおよその立場が肚《はら》におちた。この男は、おれのことにかなり詳しい。業界の内情にもそこそこ知識はある。一般にはさほど知られていないCD、クリエィティブ・ディレクターの略称を口にした。なら、おれがフリーになっていまは売れなくなっていることさえ、おそらく知っているだろう。やはり、この男は真弓とそういう関係にあるわけだ。考えていると、森川は表参道ぞいにあるオープン・カフェのまえで足をとめ、問うような目を向けてきた。表のテラスと店内、どちらがいいかとたずねている。

「ここでいい」麻生は手近にあった椅子をひきよせた。店のドアから遠く、ほとんど歩道に面したテーブルだった。

昼食のピークはすぎている。ウェイターがすぐやってきた。森川はパスタランチ、麻生もおなじものにくわえ、メニューにあったウォッカソーダを注文した。そのあとすぐ口を開こうとした森川を麻生はさえぎった。

「ちょっと待ってくれ」

予想紙をテーブルにおき携帯電話をとりだした。ダイアルサービスが、第五レースの結果を告げる。連単は六千円強だった。新橋の場外車券場で買った車券をポケットからとりだし、丸めて灰皿に放りこむと、森川が興味深げな声でたずねてきた。

「競輪の結果ですか」

「そうだよ」

「成果はいかがでした？」

麻生は灰皿を指さした。「見てのとおりだ。群馬、群馬のラインなんざ、読めるわけがない」

「なんだかむずかしそうですね。よくわからないな」

「わからなくたっていいさ。文学部じゃ、チャリンコ教えるわけじゃないんだろ。で、話ってのは？」

「もう見当はおつきになっているかと思いますが、ぼくと沢木さんは現在、かなり親密な関係にあります」

麻生はかすかに笑いを洩らした。「現在、かなり親密な関係ね。大学の先生ってのは、そういう浮世ばなれしたしゃべり方しかできんのかな」

森川の顔がほんのすこし赤らんだ。「あなたも同様だったと聞いています。彼女といっしょに暮らしていた時期がおありなんでしょう？」

「たった一年だ。それも十年くらいまえの話だ」

「正確には、九年まえから八年まえにかけての一年と五カ月です」

「なるほど」麻生は木製の背もたれに身体をあずけた。「あんたが真弓と親密な関係にあるってことはよくわかったよ。大学の先生は記憶力がいいってことも教えられた。そんなら、いまごろなにをわざわざおれに相談することがあるんだ」

「彼女は職を失うかもしれない。そういう事態に直面しています」

麻生は目をあげ、わずかな沈黙をおいて口を開いた。

「リストラ流行《ばや》りのご時世だろうが。大学までおんなじとは知らなかったけどさ」

「関心をお持ちにはならないんですか？ むかし、あなたの同居人だった女性の話なんですよ」

「関心なんか、まるでないね。ただいっとくが、いまの彼女の同居人から声をかけられたからいうんじゃないぜ」

森川は首をふった。「いまの同居人がぼくのことを指してらっしゃるのなら、それは誤解です。だけど、近々そうなるかもしれない。でもそれはおくとして、あなたはわざわざ彼女の作品展まで足を運んだ。なぜですか」

「この近くのスタジオで仕事がある。午後遅くだけどさ」

「それだけかな」

森川の口調が挑戦的な響きを帯びたとき、ウェイターが注文を運んできたので彼は口を閉ざした。

麻生はパスタに手をつけるまえにウォッカソーダをとりあげた。かなり小ぶりなグラスだ。氷ははいっていないが、グラスがしずくを帯び、よく冷えている。それをひと息で飲みほしたとき、森川の声がふたたび聞こえた。

「麻生さん。昼にお酒を飲む習慣も、まだ卒業されていないんですか」

「卒業？」

顔をあげると森川がじっとこちらを見つめている。真弓からその言葉は何度か聞いたことがある。あなた、いつまでたっても自分を卒業できないのね……。

麻生は、空になった酒のグラスをテーブルにおいた。

「なあ。あんた、学生に教えてんだろ。そんなら、事情をわかりやすく順序だてて説明してくれよ。真弓がクビになるのと、いまのおれにいったいなんの関係があるんだ？」

「わかりました。じゃあ、ご忠告にしたがいましょう。ただ前提を話しておく必要はありますね。彼女は大学で教える立場になり、ようやく自分に最適の仕事が見つかった。そう考えているようです。さっきギャラリーにいた女子学生たちの会話は、あなたの耳にもはいったでしょう？　学生のあいだで人気が高い。それに彼女自身も、やっと安息できる居場所を見つけたというような印象をうける。そばで見ていれば、よくわかりますよ」

「安息できる居場所ね」

「すくなくとも、あなたといっしょに暮らしていたころより、ふさわしい居場所ではあるんじゃないでしょうか」

麻生はうすく笑った。「かもしれん。それで？」

「その立場が危機に瀕している。いや、立場というより精神状態というべきなのかな。正確にはどう表現したらいいのか、よくわからないけれど。ただ、原因が広告問題にあることだけははっきりしているんです」

「広告問題？」

うなずいて彼は口調を変え、たんたんと説明をはじめた。最近は少子化の影響で、私立大学は生き残りをかけた熾烈《しれつ》な競争をはじめている。南陽大クラスの著名な総合大学も例外ではない。そのため多くの大学で、広告宣伝が学生集めの主要な手段のひとつとして浮上し、大幅に拡大しつつある。こうした風潮にあって、いままでさほどの危機感を持たなかった南陽大でも、おくればせながら学生確保のため、広告に進出することとなった。ついては理事会の管轄下、学部を横断して選ばれた若手によるプロジェクトチームが半年まえに結成されたという。

「ぼくも彼女もその一員なんです。いま彼女は芸術学部の非常勤講師で、うちの大学の専属教員ではない。だからこれはかなり異例の人選ですが、該当者が芸術学部にはほかにいなかった。それに彼女はかつて広告代理店に勤めたという経験を持っていますから」

「なるほど。あんたは、そこで真弓と知りあったというわけだ」

森川は首をふった。「ぼくは一介の英語教師にすぎません。ただ芸術学部でも語学は教えているので、以前から顔をあわせる機会はよくありましたよ。交際をはじめて、もう二年ほどになります」

　麻生が黙っていると、森川はつづけた。このプロジェクト発足後、素人集団の悲しさで原則論と抽象論に終始し、いっこう話が進まない。そこでマスコミ論を講じる社会学部の助教授が音頭をとり、大手の代理店に声をかけることになった。その打ち合わせの場で、森川も広告にまつわるさまざまな知識を得たのだが、かつては交通広告が中心だった大学関係の広告も、いまは新聞・雑誌までかなりのひろがりをみせている。南陽大もさすがにテレビCMまでは予算のつごうで手はまわらないが、活字媒体でかなりのスペースを確保することになった。具体的には、全国紙一紙で全ページ一回、雑誌は数誌を採用し、学内外のふたりによる対談形式で南陽大をやわらかいタッチで紹介するという企画が生まれた。

「ふうん。中央紙で十五段か。大学にしちゃ思い切った投資だな。対談の体裁ってのは無難すぎて、とくに目新しくもないけどさ」

「そうかもしれません」森川はうなずいた。「しかし彼女はあまり打ちあわせの現場にでてこなくなった。理由はふたつあります」

「ふたつ？　そんなことに理由がひとつじゃ足んないのか」

　森川はかすかな笑いを浮かべたが、麻生の言い分は無視した。

「ひとつは、その代理店が現代広告社だということかな」

「現代広告？」

「そうです。彼女自身が――あなたもですが――かつて籍をおいた代理店である以上、たとえ率直な意見を述べても、反発とかひいきとかに受けとられかねない恐れがある。そういう反応を敬遠したんでしょう」

「ふうん」と麻生はまたつぶやいた。「それはわからんでもないが、じゃあ、もうひとつってのはなんなんだ」

「いま麻生さんは、対談形式は無難すぎるとおっしゃったが、現代広告社の対談提案はなかなか斬新でした」

森川は説明を再開した。南陽大の世間一般のイメージは、旧来からの硬い総合大学といったもので固定している。そこで間口のひろさをアピールし、ソフトな印象も織りこむことを目的に、学内では比較的マイナーな芸術学部を核にとりあげる。なかでも時代の最先端をいくデジタル関連の芸術表現にスポットをあて、大学の全貌《ぜんぼう》や教育理念にはあえてふれないかたちをとる。そしてこの大胆なプランは理事会でも承認された。

「なるほどな。真弓は、その学部の当事者ってわけか」

「当事者どころか、その対談に彼女自身が出演するプランで決定したんです」

麻生は笑いだした。すると森川は非難するような目を向けた。

「これを提案したのは現代広告社ですが、打ちあわせの最初のころから、彼らは彼女の出演がベストと考えていたようですね。ビジュアルの観点から考えても彼女は若い世代に好感を与えるし、話す内容もシャープだ。あなたにもおわかりでしょう？」

ギャラリーでの女子大生たちの会話を思いうかべ、「いや、わかるよ」と麻生はいった。「芸術学部なら、授業風景か学生の作品をあしらってもいいし、すぐ絵にはなる。なら、そんな単純な企画のどこが問題なんだ」

「彼女の対談相手です。神保誠治《じんぼせいじ》に決定しました」

麻生は一瞬、黙りこみ、森川の顔をまじまじと見かえした。

その口調でわかった。この男も彼女のあの異様な反応を見たことがあるのだ。どの程度かはわからないが、すくなくとも一定の事情はうすうす知っている。あのころのおれとおなじだ。知っていることと知らないことがある点でもおなじだ。だからこの男は危惧《きぐ》している。麻生はようやく理解した。広告問題というより、この男が声をかけてきた理由は結局、神保誠治のことだったのか。

麻生はテーブルに目をおとした。パスタのからまったフォークの先端が、陽の光を反射している。その鋭い光がある光景をよみがえらせた。

麻生が沢木真弓と暮らしていたころ、あるとき、彼女に異様な錯乱の訪れたことがある。たまたま食事をしながら、カンディンスキーを紹介する、テレビの美術番組を見ていたときだった。突然、それまで陽気に話していた彼女が黙りこくった。麻生が目をあげると、真弓の視線はブラウン管に釘付けになっていた。フォークをにぎった左手が血の気を失い、白くなるほどかたくにぎりしめられている。ぶるぶる震え、フォークの先端が躍っている。怪訝《けげん》な思いで眺めるうち、そのフォークがいきなり、彼女自身の右手の甲に突きたてられたのだった。麻生があわてて立ちあがったとき、もう真弓は席を立っていた。そしてトイレに駆けこんだのである。開けっ放しのドアの向こうに、痙攣《けいれん》する細い背中があった。絞りだすような声とともに、彼女は胃の中身を吐きだしていた。フォークによる傷はたいしたことがなかったものの、そのときはわけがわからなかった。理由をたずねても、真弓はかたくなに答えようとはしなかった。それから彼女は美術番組を見なくなった。麻生が職業柄、興味のある関連番組を選んでも、わずかな微笑を浮かべ勝手にチャンネルを変えるようになった。だがやがて、思わぬときに同様の事態が再発したのだ。バラエティー番組を見ているときだった。突如、真弓がコーヒーカップをテレビに向けて乱暴に投げつけたかと思うと、以前とおなじようにトイレに駆けこみ、嘔吐《おうと》したのである。ふと気になって麻生が居間にもどると、床に陶器の破片は散乱していたが、無事残ったテレビの画面には、いつかカンディンスキーを解説していた神保の姿があった。

神保誠治はこの国ではめずらしい前衛美術界の大御所である。麻生が当時、彼について知っていたことは多くない。たぶん、なにかのきっかけがあり、神保はそういうアカデミックな立場にありながら、いつのまにかバラエティーのようなテレビ番組にも出演しはじめたのだ。さらにはそれを皮切りに、コマーシャルにまで登場するようになった。だがCM業界の人間として、その理由はわからなくもなかった。彼にはたしかに視聴者にアピールする魅力があったからだ。軽妙な話し方と温厚な風貌《ふうぼう》で、初老の大学教授としてはめずらしく、女性や若者たちにまで幅広いファン層を急速に獲得していったのだった。

最初のころ、真弓の唐突《とうとつ》な行動は躁鬱《そううつ》の一種の症状かと疑ったものの、どうもようすがちがう。だが何度かの経験を経たのち、その錯乱と異常なふるまいが、神保誠治に由来するとの疑念が兆《きざ》し、それが確信に変化していった。それにしても不思議だった。病気の一種だとしても、それがどんなものであれ、特定の人物を見ただけであおいう肉体的な反応まで引きおこすものだろうか。皆目、見当がつかない。真弓の精神状態は、麻生の想像力で理解できる範囲にはなかった。彼女に精神神経科で診てもらうよう勧めたことはあるが、かたくなに拒絶されただけである。

いつか彼女はいっさいテレビを見なくなっていた。そしてその原因がやはり神保誠治にあるとはっきり悟ったのは、真夏の夜、うなされながら彼女が彼の名をつぶやいたときだった。だがその理由だけは依然、不明だった。真弓自身がけっして彼にまつわる事情を話そうとはしなかったし、そのため麻生の側からももうたずねることはなかったからである。当初、麻生が手近な手段で突きとめた事実は、真弓が美大の学生時代、神保がゼミの担当教授だったということくらいだ。ともに暮らしながら、彼女が学生でいたそのころ、ふたりのあいだになにかあったのだろうとぼんやり想像をめぐらせたにすぎない。

麻生は確認するように問いかけた。

「あんたも、彼女が神保を毛嫌《けぎら》いしていることは知ってるんだな。その理由をたずねたことはあるのか」

「毛嫌いというのは穏当な表現だな」森川はため息をついた。「以前、一度だけたずねたことはあります。美術誌を見て、彼女が異常な状態に陥ったときにね。でもかえってきたのは、二度とそのことにはふれないで、という返事だった。以後、約束は守っています。彼女といるときは、もちろんテレビをつけることさえない。だって、いつコマーシャルに彼女が登場するかわかりませんから」

やはり当時のおれとまったくおなじだ。森川も同様の思いを持ったらしく、じっとこちらを見守っていたが、やがてその目のいろが落胆に変わっていった。かつての同居人に訊けば、より詳細な事情が判明すると期待していたのかもしれない。しばらく考えてから麻生は口を開いた。

「真弓はどうするつもりなんだ」

「プランを強要されるようなら、大学を辞めるといっています。じつは学校サイドでは今度の対談広告の露出以前に、彼女の抜擢《ばってき》を考えているようなんです。教授会の了解さえとれれば――これはうちの理事会と教授会の関係から見て、まず確実に了承されるでしょうが――非常勤から専任講師の段階を省略のうえ、いきなり助教授に引きあげる方向で配慮するようです。ちょうど空きができたところだし、それほど大規模な広告をうつのなら、彼女は実質上も大学の専属教員じゃないとまずいでしょう？」

「そのとおりだな。もう彼女は大学に返事したのか」

「公的にはまだですね。この話、対談相手の神保についてだけは、かなり性急に決定したという事情がありますから。学校側の対談候補に彼女の名があがって以降、彼女は遠慮して打ちあわせにほとんど欠席していたので、その場にはいなかった。もっとも、あとでぼくからその話を聞かされたとき、例の反応に近いものはありましたよ。もちろん彼女は断るそうです。二、三日うちに担当理事から正式に要請がいく予定ですが、まさか学校側も彼女が断るとは思ってはいないでしょう」

「あんた、なんで、神保の話をとめなかった」

「とめようとしましたよ」

森川は子どものように口をとがらせた。当初、対談企画のさまざまな組みあわせで筆頭候補にあがっていたのは、世界的に著名な老指揮者と真弓だったという。この国が誇っていいその指揮者のCDは、麻生でさえ持っている。博学知的な人物として知られ、彼自身のエッセイ集も質が高い。ベストの人選というべきだった。現代広告社の事前打診でも内諾を得ていたが、それには彼が彼女の作品を見て感心したからだという背景もあるらしい。

その段階で、対談候補はほかに複数案あったが、神保の名前はでていなかった。それどころか一笑にふされた冗談のような候補さえあった。たとえば、南陽大で理事長をつとめるのは滝田《たきた》晴彦《はるひこ》という財界の大物だが、彼の溺愛《できあい》するひとり娘の名さえあったという。小早川《こばやかわ》恵里《えり》という芸名でデビューした新人タレントである。もちろん彼女の場合、お相手は真弓でなく芸術学部長ではあった。もっともこの種のものは、広告代理店がつねに保険として用意する、クライアント側の権威主義を慮《おもんぱか》った捨て案にすぎない。理事長はそれとない色気をしめしたようだが、さすがに若いスタッフのそろうチームも、リベラルな理事会もそんな案を容認するわけがなかった。ところがそこへ、くだんの指揮者から急に断りの連絡があったという。義母であるベルギー人の老婆の容体が悪化し、夫婦そろって当面、渡欧することになったのだった。急遽《きゅうきょ》、候補にあがっていた他の科学者や芸術家にあたったが、多くはスケジュールのつごうですべて拒絶された。

「そこで急浮上したのが、神保だった。そういうことか」

森川はうなずいた。「ぼくはバラエティー番組に出演しているような人物は、学究の徒というより口舌《こうぜつ》の徒という印象があって軽すぎると強硬に反対したんですが、いかんせん、多勢に無勢だった。なにしろ、彼は若者にも人気があるし、知名度も高い。それ以上に、作品での実力は認めざるを得ない。美術界での権威はおくとしてもね。くわえて、いまだ消えてはいない滝田理事長の娘を起用するようなバカげた結論だけは避けたいという雰囲気もありました」

麻生が黙っていると、森川がつづけた。

「おまけに時間もないんです。対談広告のキャンペーンは夏休みにはじまる。雑誌広告などは、かなり早くに原稿をいれなきゃならないそうですね」

「最短でも、掲載の一カ月まえだな。するともう媒体はおさえてんだろうから、原稿まとめ、デザインワークなどを考えりゃ、二、三週間以内に対談をやらなくちゃならんぜ」

「そうなんです。だからプロジェクトチームの決定と同時に、現代広告社が多忙な神保のスケジュールを即刻、確保してしまった。およそ二週間後の予定です」

「なら、やっこさんは受けたのか」

「受けました。ですから、もうあともどりはできません」

麻生は黙りこんだ。ぼんやり目をやると、表参道を若い女性がいきかっている。携帯を耳にしているものもいれば、大仰《おおぎょう》な身ぶりで話しながらとおりすぎていく女たちもいる。みんな若かった。この通りは信じられないほど若い人間であふれている。

「しかし」森川の声が聞こえた。「人は、べつの人間に対して、あんなふうに肉体的な拒絶反応をしめすほど強烈なアレルギーを持てるものなんでしょうか。顔も見たくないとか、反吐《へど》を吐きたくなるとかはよくいうけれど」

「じっさい、真弓は反吐を吐かなかったか」

森川は笑わなかった。「麻生さん。なにかご存じじゃないんですか」

麻生はしばらく黙っていたが結局、「知らん」と短く答えた。正確には、あのころはなにも知らなかったというべきなのだと思いつつそういった。

「おれに相談といってたのは、それだけか」

「くどいようですが、麻生さんは彼女がなぜあんなに神保を忌み嫌《い》うのか、ほんとうに心あたりはないんですね」

「知らんといってるだろ。真弓からはなにも聞いたことがない。あんたの場合もそうじゃないのか」

「そのとおりです」森川は唇を嚙んだ。「ぼくが知っているのは、彼女の卒業した美大を神保はすでに去っているということくらいだ。だけど彼女が在籍していたころは主任教授だった」

麻生は、視線をはるか遠くにやった森川の顔をじっと眺めた。

「想像できるのは……」彼がかぼそい声でつぶやいた。「ぼくに想像できるのは、彼女の学生時代、おそらく彼からセクハラを受けたということくらいですよ。それもよほどひどいセクハラをね」

「かもしれん」麻生は答えた。「相談事はそれだけか」

森川の視線がもどってきた。「いえ、そういうことならべつの話にもなる。麻生さんの力でなんとかなりませんか」

「どういう意味だ」

「ぼく個人は、この対談企画をつぶしたいんです。麻生さんは、現代広告社にいらっしゃったころ、制作畑のエースだったと聞いています。その誼《よしみ》で、うちの大学を担当している営業部に影響力を発揮していただけないでしょうか。つまり別案をあらたに提出して、そちらを早急にプッシュしてもらう方向で……」

「ちょっと待てよ」麻生は手をあげた。「なあ、自分でいうのもなんだが、おれもむかしはそれなりに売れてたよ。けど、クリエーターの旬《しゅん》ってのはおそろしく短いんだ。歳喰ってまで生き残れんのは、選ばれたほんの少数にすぎん。いまのおれには、そこそこの仕事しかまわってこんぜ。けど、これだけはいっとく。それでもな。おれは一応、プロなんだ。他人のやってる自分と無関係な仕事に横から口をはさむなんざ、この業界じゃご法度《はっと》なんだよ」

「しかしあなたは、彼女の作品展にやってきた」

「話がちがうだろ。それにさっきもいったぜ。この近場で仕事があるから立ちよっただけだ」

「だったら、どうしてあのインスタレーションの開催をお知りになったんですか」

「あのあたりをぶらぶら歩いてたら、たまたまポスターが目にはいった。けど本体はあんまりいい出来とはいいかねたな。素人受けはするかもしれんが、そいつはああいうものをはじめて見た観客をびっくりさせるからだけじゃないのか」

「あのインスタレーションについていえば……」森川は深い吐息をついた。「あれは三日まえまでは、まるでちがう作品だった」

「まるでちがう作品？　どういうことだよ」

「映像の後半、クラゲの混乱があったでしょう？　最初に完成した作品は、ああいうものではなかった。ポスターをご覧になったのなら『クラゲの四季』とあったのはご存じかと思うが、そのタイトルどおり、最初の作品はもっと平穏な光景が、季節の移ろいとともにゆったり変化していく叙情的なものだった。それが神保の名を聞いたとたん、なぜか彼女は作品に手をくわえはじめた。開催初日に間にあわせるためだったんでしょうが、たった三日間であんなふうに様変わりさせたんです。じつは改編された作品は、ぼくもきょう、はじめて見ました」

「ふうん」麻生はつぶやいたが、あとの言葉はつづかなかった。

森川もぼそりと声をあげた。「それなら結局、あなたにはなにもできないわけだ」

「そういうことだな。おれにはなにもできんし、興味もない」

「興味もない？　かつて、あなたがいっしょに暮らした女性ですよ」

「それがどうした。真弓は真弓なりに、自分の好きなやり方でやってくだろうさ。結果がどうなろうとな。それがおとなってもんだ」

沈黙が訪れた。しばらくして押し殺したようなつぶやきが聞こえた。

「どうやら、あなたに声をかけたのは時間の無駄だったようですね」

「その感想は、あんまりまちがっちゃいないんじゃないか？」

また沈黙。そのあいだ、森川は射抜くような目で麻生を見つめていた。だがやがて唐突に席を立った。そしてレシートを手にとり、彼は黙って麻生を見おろした。麻生も、なにも口にはせず森川の顔を見あげていた。そのうち、沈黙を破ったのは森川のほうだった。

「わからないことがあるんですが」

「なんだ」

「なぜ、彼女があなたのような粗雑な人物といっしょに暮らす気になったのか、わからない。なぜ、一年半近くも、あなたなんかと共同生活をおくることができたのか、それがまったくわからない」

「さあな。あのころは、たぶん彼女も世間知らずだったんだろ」

森川の目になにかが浮かんだ。それは凶暴にさえみえる怒りのいろだった。こういう目は、近ごろほとんど見ることがなくなった。そういう男の目だなと、麻生はぼんやり考えた。

椅子を乱暴にずらせる大きな音が聞こえ、森川はレジまで歩いていった。そしてこれまでのふたりぶんの勘定をはらったあと、ふたたび真横をとおりすぎたが、今度は麻生を一顧《いっこ》だにしなかった。

大股で去っていく森川の背中を麻生は黙って眺めていた。考えたのは、あの男は姿勢がいいというそのことだけである。

麻生はそばをとおりかかったウェイターに声をかけた。

「ウォッカソーダ。追加でもうひとつ」

もう五杯めのウォッカソーダを飲んでいる。陽がほんのすこし、陰りを帯びている。あれからずっと、麻生はおなじ席にすわっていた。競輪の予想紙が突風にあおられ、テーブルから路面におちたが、それにも気づかなかった。長いあいだずっと、表参道に流れる人波を眺めていたからだ。だがほんとうに見つめていたのは、さらに遠くにある光景だった。

真弓とはじめてともに仕事をしたとき、麻生はちょうどあの森川とおなじ年ごろだった。現代広告社に入社し、十数年たったころの話だ。麻生が同期で最初に抜擢されたCDになりたてのころ、入社三年めのデザイナー、沢木真弓が下に配属されてきた。というより、彼女のデザインしたグラフィック作品を何点か見て、人事局にあれをくれと要望した結果である。麻生には当時、社内でそれだけの力があった。

共同生活をはじめるまでに、時間はそれほどかからなかった。能力を買い実現させた異動のはずが、いつかはそうなるものだとおたがい考えるまで、二、三カ月もかからなかった。そして籍はいれなかったものの、事実、そうなったのだ。

最初のころは、それなりに充実した時間がすぎた。バブルが思わぬ終焉《しゅうえん》を迎えつつあった時期だが、おたがい、仕事は順調だった。お固い企業とはちがい、自由な雰囲気のある社内では陰口をたたかれることもなく――あったのかもしれないが、公にはなかった。すくなくとも、ふたりの耳にははいってこなかった。公平を守り、部下を差別することがなかったからだという自負が麻生にはある――それぞれが自分の仕事に専念し、熱中した。そして私生活とは無関係に、彼女は作業中によく麻生の意見と指示をあおいできたものだった。

あの時代は奇妙だったな。短いけれど妙な時代だった。いまになって、麻生はようやくそう思う。ともに暮らしながら、おたがい私的には干渉することがなかった。麻生と彼女との関係を知らない外部の男とのデートのいきさつを真弓が話したこともある。クライアントの関係だから仕方なく食事したけれど、いきなり結婚を申しこまれたのよ。びっくりしちゃった。そんな無邪気な報告を聞いたこともある。だが真弓は古風だった。あの人にはわるいことしちゃったな。最初から食事を断るべきだった。そんなふうにつけくわえるタイプだったのだ。いつも夜中に酒を飲みながら、その日のあれこれについて、のんびり会話をかわした。あのころはいつだってそんなふうにすぎた。すさまじい残業をこなしつつ、真弓はめきめき力をつけ、麻生自身も競合プレゼンの際など、現代広告社の切り札と呼ばれるようになっていった。

もっとも問題がなにひとつなかったわけではない。麻生の博打癖である。学生時代から縁の切れなかった競輪、競馬にくわえ、非合法カジノにまで足を踏みいれるようになった。そしていつか、週に二、三回は、真夜中の六本木周辺に出没するのが習慣になっていった。なのに真弓はそんな悪癖にまで寛容だった。カジノで徹夜して負け、朝方帰ってくれれば、起きだした真弓が微笑を浮かべながらよく口にしたものである。あなたって、いつまでたっても自分を卒業できない人なのね……。

カジノでバカラに熱中していたとき、たまたま警察の手入れにであったのもそのころのことだ。麻生は留置場で一泊し、初回ということで説諭だけですんだが、身元引受人として翌朝、彼女がやってきた。真弓はそれでもさして文句をいわなかった。ふつうなら、いいかげんに懲《こ》りたら？　とでも説教するところを、ほんとに自分を卒業しなきゃね、とほとんど聞きとれないほどの声でつぶやいた口調の響きは覚えている。じつはその口ぶりのほうが麻生にはこたえたのだが、そのときは、逆に危惧さえおぼえたほどだった。広告制作者なら、自己主張の弱さは多くの場合、致命傷になりかねない。

二度めの現行犯逮捕に遭遇したのは、それからたった一ヵ月後である。起訴猶予ではあったものの、再度の留置は数日におよび、今度はさすがに会社に連絡がいった。そのため、麻生は現代広告社を依願退職せざるを得なかったが、不運だとは思わなかった。それどころか、ころあいだと思わないでもなかった。ちょうど独立を考えていた時期だったからである。

麻生と同時に、真弓も辞表をだした。そして彼女以外にもアシスタントをふたり雇い、麻生が代表者となって事務所をかまえ、自前のプロダクションをスタートさせたのだ。だが現代広告社からの発注が途絶えることはなく、かつての給料をはるかに超える成果報酬があがりはじめた。くわえてそれまで縁のなかった同業他社からの仕事も舞いこみはじめた。すべてが順調にいくように思えたあのころ。真弓の錯乱をはじめて見たのも、おなじこの時期である。森川の一年と五ヵ月という指摘にしたがえば、共同生活をはじめて、おそらく一年ほどがたったころだ。それは一点の黒雲のようではあったが、まだ雷雨ではなかった。

破局は唐突に訪れた。それを招いたのは、このおれだ。麻生はいまになって、ようやくそう思う。あれがよけいな真似だった。プロダクションがすっかり軌道に乗り安定していたとき、プレゼンテーションのため、クライアントの大阪本社にいったことがある。日帰りだったが、予想以上に話は順調にすすみ、時間の空きができた。そのとき、ふと思いたったのだ。真弓は埼玉育ちだが、本籍は大阪の天王寺区玉造《たまつくり》だった。真弓の履歴書は、上司であった時代に何度か眺めて知っている。本人は、いまはもう本籍と縁はないといっていたが、玉造という地名がユニークだったので記憶に残っていた。そのため、ふと立ちよってみる気になったのだった。

夕暮れだった。大阪の下町ははじめてだが、方言さえ除けば、雰囲気は東京のそれとさして変わらない。タクシーを降り、商店街をぶらぶら歩いた。そのとき、ふと目にはいった古めかしい看板がある。麻生は足をとめ、しばらくその看板に見いっていた。「神保金物店」。ほかの店は出入りする客の姿がそれなりに散見できたが、その間口の狭い一軒だけが、周囲のにぎわいからとり残されたようにひっそりした佇《たたず》まいをみせていた。

いまどきの店舗にはめずらしい木の引き戸を開けたのは、やはり好奇心からだった。神保という苗字はそれほどありふれてはいない。

店番はいなかった。狭い店内の品ぞろえは、やかんや鍋、各種の調理道具や小物の工具といったありきたりのものばかりで、種類も多くはなかった。なかから麻生はなんの変哲もない爪切りをひとつ手にとり、奥に声をかけた。

　顔をみせたのは、七十代か八十代か、年齢の見当がつきかねる老婆だった。爪切りの勘定をはらうと、彼女はおぼつかない指でレジをたたきはじめた。それまでためらっていた質問を麻生がようやく口にしたのは、そのときである。

「あの、つかぬことをうかがいますが、この玉造にきたのははじめてなんです。で、たまたまめずらしい名前を見かけた。ひょっとして、神保誠治さんをご存じないでしょうか」

　返事はあっさりかえってきた。

「ああ、誠治はんな。あの人はわての甥ですねん。いまは偉うならはりはって。テレビにでてはりまっしゃろ」

　あいかわらず、表参道の人通りは絶えず流れている。陽はさっきより、さらに陰りをみせている。週日の午後、通りをいきかうのはほとんどが若い女性で、仕事なのか遊びにきたのか、麻生には判然としなかった。その光景の向こうに、玉造の金物店のうす暗い店内が透けてみえた。十年近くの歳月を経た、茫漠《ぼうばく》とした光景だ。麻生はもう何杯めになったのかもわからないウォッカソーダをまたあらたに注文した。

　あのとき、老婆とは三十分ほども話した。そのあいだ、客はほかにだれもはいってこなかった。わてもお迎えがくるまで時間が長うてなあ。ことさら愚痴とも聞こえない言葉とともに、問われるまま飽きず彼女は話してくれたのだった。

彼女の話はこういうことである。老婆自身も神保という姓だが、玉造の金物店はかつて彼女の兄のものだった。すでに亡くなったその兄の一人息子が神保誠治である。彼は東京の美大にすすんだが、卒業後、いったん大阪にもどってきた。数年のあいだ、高校の美術教師を勤めていたが、そのあいだに結婚した。そして新婚夫婦のあいだに一人娘が生まれたあと、その相手とわかれ、ふたたび東京にでていった。以後、苦労はしたようだが大学の先生にまで、さらにはテレビに頻繁に出演するまで世間の階段をのぼりつめた。それはたいへんな出世であるだろう。老婆の言い方を借りれば、そういうことである。最後に玉造にもどってきたのは、彼女の兄、つまり神保誠治の父親が亡くなったときだった。以後、顔をみせてはいないが、あれほど出世したのならそれも無理からぬことで仕方がない。そもそも玉造をはなれて、あの人には運がつくようになった。その証拠をあげるなら、考えられる彼のたったひとつの不幸、短い結婚生活の終焉がここに住んでいたころのことだったという事実もある。彼とわかれた妻は子連れで再婚し、埼玉に住んでいるはずだ。

最後に、麻生は心臓の鼓動をおぼえながら、その質問をようやく口にした。誠治さんのその一人娘、彼女の名前はわかりませんか。老婆は歯のかけた口を開き、明瞭な声で答えた。真弓という子やった。あの子も何年かまえに、一回ひょこっと帰ってきたんやけど、いまごろ、どうしてんねんやろなあ。

真弓が姿を消したのは、麻生が東京にもどってから三日後だった。帰宅すると、テーブルの上にポケットの中身がのっていた。メモのような短い書きおきがそえてあった。

――スーツの上下は、クリーニングにだしておきました。もう、わたしがあなたのもとへもどることはないと考えていただけないでしょうか。いろいろ、ありがとう。これまで、ほんとうにありがとう。心からあなたを好きでした。

書きおきのそばには、ポケットにいれておいた爪切りがあった。それをペーパーウェイトにするかのように、ちいさな紙切れがはみだしていた。神保金物店で老婆がわたしてくれたレジのレシートだった。麻生は長いあいだ、そのレシートにある店名と住所を見つめていたことを覚えている。

彼女のその後は、ほとんど知らない。数少ない例外は、なにかの仕事で現代広告社の作業を請け負った際、以前の彼女を知っていた古参の制作部員から聞かされた消息くらいである。なんでも文化庁の芸術家支援プログラムという制度があり、真弓はそれにパスしてロサンゼルスにわたったということだった。そのころ生まれた新しい商業美術ジャンル、ウェブデザインを学んでいるらしいという。

それにしても、と麻生は思う。あのころがピークだった。それからは坂を転げおちるようなものだった。独立したCDといえば聞こえはいいが、クリエイターの盛りの時期はいつまでもつづくものではない。アシスタントはすべて去り、事務所もたたんだ。いまはむかしの名前で喰っているようなものだ。要するに、おれは鈍感にすぎたのだ。その鈍感さゆえの罰を受けている。　鈍感だったからこそ、いまここでこうして独り、昼間から強い酒を飲んでいる。

五月終わりの午後の陽射しはまぶしかった。やがて、瞼《まぶた》が重くなってくる。眠気がやってくる。おれも、もう歳か。麻生は人知れず苦笑した。この程度のアルコールくらいで眠くなることはかつて一度もなかった。事実、うとうとしたのかもしれない。世界のすべてが遠ざかっていくような感覚にとらわれた。表参道のざわめきが、潮騒《しおさい》のように高くなり低くなり、耳にとどいてくる。うすぼんやりしたそのあいまいな世界で麻生はじっと息をひそめていた。そのうち、べつのかすかな音が聞こえ、ついでなにかの感触が手にふれてきた。そうだ。おれはいま酒のグラスに手をのばしたまま眠りにおちそうになっている。独り、そんな姿勢でいるはずだ。なのに、こいつはいったいなんだろう。ふとそんな思いがきざしたとき、麻生は手にふれるものがなにであるかをようやく悟った。それは麻生の手をつつむもうひとつのてのひらの感触だった。

顔をあげた。ぼんやりした周囲の光景がやがて輪郭を結んだ。目のまえには、真弓の顔があった。白いTシャツを着た彼女が微笑を浮かべ、テーブルの向かいにすわっている。その両手がグラスをにぎる麻生の手の甲をつつんでいる。それから麻生は顔をめぐらせ、隣の席にすわっている森川を認めた。黙ったまま、気むずかしい表情を浮かべている。身じろぎして視線をおとすと、ふたつの手のなかにあるグラス、そこに陽の光がおち、たちのぼるちいさな泡に一瞬のきらめきが躍った。

ウェイターが注文をとりにやってきた。真弓は笑みを消さず、彼に向けて首をふった。

「ごめんなさい。わたしたち、すぐにいくから」

ウェイターが去ったあと、彼女はふたたび正面から麻生の顔をのぞきこんだ。その面立ちは長い時を経たのに、まるで変わってはいない。麻生はそのままの思いを口にした。

「おまえ、変わってないな」

「ううん」真弓は首をふった。「わたしは変わった」

「どんなふうに変わったんだ」

「すこしは強くなったと思う。いまギャラリーで彼から……、森川さんからあなたのことを聞いたばかり。まだここにいてくれてよかった。あなたにきちんと謝ることができる」

「なにを謝るんだ」

麻生の手をつつむてのひらに、ほんのわずか力がこもった。

「あなたは、まるで変わっていないのね」

「そうかよ」

「そうみえる。いまもそんなふうにみえる」

「あれは、おまえがいつもいってたんじゃなかったか。おれはずっと自分を卒業できない人間だって」

真弓はかすかな笑いを洩らしたが、その表情はすぐ、かつて見なれた生真面目なものにゆっくり変化していった。

「そうだった。でもわたしは、なにかを卒業したのかもしれない。だからいまになってようやく、あなたに打ちあける気になったのかもしれない。さっき森川さんに、ずっと以前、おそらくあなたが想像したとおりの事実を話したの。わたしが実の父親と関係していたってこと。あの人は人間じゃない。自分の教えるわたしを実の娘と知っていて……、なのに、わたしのほうは玉造にもどってたしかめるまで、そんなことは知らずにいて……」

さきをつづけようとする真弓を麻生はさえぎった。「そんなむかしのことはどうでもいい。思いだすのに古すぎて、苦労する。もうとっくに消えちまった亡霊みたいなもんじゃないか」

「でも、その亡霊がいまになって、またあらわれようとしている」

「その気になりゃ、顔は見なくてすむんだろ。それよか、いまの話をしてみろよ」

「いまの話って……、たとえば？」

「たとえば、クラゲだ。あれはさっき見たけど、あの映像、もうすこしなんとかなんないか。あれ見てると、なんでかイライラするんだよな。真っ赤なクラゲなんざ、見たかないんだ。おまえ、人を不愉快にさせるためにあれをつくったわけじゃないんだろ」

真弓の顔にふたたび微笑が生まれた。「じゃあ、もとのかたちにもどそうかしら」

麻生はわきの森川に目をやった。「あんたは、どっちのほうがいいと思ってるんだ」

「ぼくはまえの作品が好きですね。あっちのほうが断然いい」

「だとさ」麻生は腕時計を見た。「おれのほうは、そろそろ仕事かな」

真弓の手が麻生のそれからはなれていった。静かにゆっくりと、それでもためらうようすはなく、はなれていった。

「でもよかった。思いがけなく、あなたに会えて」

麻生はなにも答えはしなかったが、真弓の静かな口調は沁みるような響きでふたりのあいだにある距離をとどいてきた。

「じゃあ、わたしたちはもういくことにする。あなたが残っていてくれて、ほんとうによかった」

麻生は森川に目をやった。すると彼がかすかな笑みを浮かべた。

「さっきは失礼しました。あの話は忘れてください。彼女は、ほかに仕事を見つけるそうです。彼女なら引く手は、いろいろあるでしょう。それにしても……」

「それにしても、なんだ」

「まさか、あなたがまだここに残っているとは思わなかった。彼女が、そのはずだと断言したんですが」

「和夫さんは昼にお酒を飲みはじめたら、とまらない癖があるから」

「こいつを飲んだら、腰をあげるさ」

麻生は組んでいた足をゆっくりほどき、手にあるグラスを陽射しのなかに持ちあげた。

ウォッカソーダはまだグラスにほとんど残っている。透明な液体にたちのぼる細かい泡粒がちいさくきらめき、陽の光にやわらかく溶けていった。

　真弓はなにもいわず、ただ微笑《ほほえ》んだ。森川が口をはさんだ。

「じゃあ、ぼくたちはこれで」

　麻生はうなずいた。立ちあがったふたりが背を向けた。彼らはそのまま、ふりかえりはしなかった。やがて表参道の人混みに、ふたりはまぎれこんでいった。そのあと視界に一瞬だけ、真弓のほっそりした姿がふたたびあらわれた。彼女の腕が森川のそれにそっとまわされる、その光景が目にはいった。麻生は静かに目をつむり、最後のグラスに口をつけた。


「ストップ」

ディレクターの大野《おおの》が声をあげると、モニター画面が静止した。デジタル数字も停止した。二十八秒を超えている。最後の商品カットのシーンだった。

「わるい。やっぱ、さっきのほうが流れはいいな。もとのカットにもどしてくれないか」大野はオペレーターに声をかけ、こちらに顔を向けた。「どうですか、麻生さん」

「まかせるよ」と麻生は答えた。「どっちも、さほどかわらん」

　横にすわったプロデューサーの田崎《たざき》が苦笑した。

「オフラインとはいえ、完尺《かんじゃく》でやってんだ。なんか、やる気が全然うかがえんな、麻生のだんな。どっか調子わるいのか」

「疲れてんだよ。おまけにチャリンコで全レースはずした。再起不能になっちまった」

「それだけじゃないだろ。アルコールがぷんぷんにおうぜ。昼の酒はそこそこにしといたほうがいい。重要な仕事を控えてるってのに、ほんと、のんきなもんだ」

田崎の揶揄《やゆ》はわからないでもない。久しぶりの編集現場だった。おまけに画面に映る家庭用品メーカーの新製品洗剤は、麻生が近ごろはめったに手がけない大型CMの商品でもある。こういう作業の際、麻生がいつも組むのは田崎のいるプロダクション、ロータス企画だった。気心が知れているからだ。その点からいえば、田崎はいまの広告業界での麻生の立場をそれだけ正確に知っているということにもなる。

スタジオの若いオペレーターがキイボードを操作した。画面が切りかわり、ふたたび、デジタル数字が流れはじめる。

「うん。こっちのほうがいい。これでいこう」

大野が声をあげたとき、麻生はようやく口をはさむ気になった。ほとんど習性だったかもしれない。

「たしかにこっちだが、雲がちょい気になんないか。大野」

「そうですね。ピーカンの空気感はよくでてるけど、洗濯物とバッティングするかな」

首をかしげてから、大野はもう一度、オペレーターに向けて声をあげた。「ちょっと、雲とってみてくれるかな。モニター右上にある雲全部、消してくれ」

商品の背後、風にはためく洗濯物のバックには、一面の青空がひろがっている。その片隅にある掃いたような薄雲が、若いオペレーターの操作ひとつで一瞬のうちに消えさった。あとには真っ青な空が残った。それもべったりした青ではなく、深みのある立体感が生まれている。

「オーケイ。これでいく」

今度は麻生に問うこともなく大野が断言した。麻生にも異存はない。「通しで全部、流してくれ」と大野に呼びかけた。

十五秒、三十秒、三タイプともにそれぞれ秒数ぴったりの完尺。音声のないその六篇のバージョンがまわったあと、大野が問いかけるように麻生を見た。

「わるくない」麻生がつぶやくと、スタジオ内にやっと和《なご》んだ空気が流れた。だれかれとなく、お疲れさんでした、と声があがる。あとはスポンサー試写の初号までに、サウンド関連のMAを残すだけだ。いろんな意向があり、また若干の手をいれる必要は生まれるだろうが、とりあえずの作業は無事に終わった。

アシスタントプロデューサーがコーヒーを運んできたとき、田崎がほっとした口調ながら、ため息まじりの声をかけてきた。

「しかし、こういう作業も変わったな、むかしに較べりゃ」

「ああ、変わったな」

「それもすさまじい変わりようだ。雲の有り無しなんざ、むかしは天気待ちだったのにな。香盤表《こうばんひょう》のスケジュールが気になって仕方なかったのに、いまはコンピュータで一発だ。大野なんか、オフラインを荒編《あらへん》と呼んでた時代は知らねえだろ」

帰り支度をはじめていた大野が聞きとがめ、笑い声をあげた。

「そんなことをいわれたって、ぼくのせいじゃないでしょ。編集機材のほうがすぐ新しくなっちゃうんだから。ま、ご老体は昔話にでも花を咲かせてくださいな。じゃあ、ぼくは野暮用があるんで、お先に」

大野がでていったあと、最終カットの青空に見いっていた麻生は目をおとし、キイボードのまえにいる男に向けて顎をふった。

「なあ、田崎。あの若いの、おそろしく腕いいな」

「なんだ。オペレーターの話か」

「さっき雲を消したろ。そのあとの色味がいい。あんな処理を反射的にできるやつ、おれははじめて見た」

「ああ、やっこさんには定評がある。大野がこのスタジオつかうときゃ、いつもあいつを指名してるんだ。なんせ、このご時世、編集はコンピュータ処理の職人芸に左右されるからな。なんでも、あいつはアメリカでコンピュータ操作を勉強したらしい」

「名前はなんてんだ」

「矢代《やしろ》。下は知らん」

麻生はしばらく考えていたが、やがて田崎にたずねた。

「ところで話は変わるが、サンエイのオーディオ機器のＣＭ。あれ、たしか、おまえんとこの制作だったよな」

「ああ、半年まえだ。それがどうした」

「メインにつかったのは小早川恵里だろ。あれ一本しか、彼女はＣＭにでてなかったはずだが、小早川って、どうだった？」

田崎は顔をしかめた。「どうって、思いだしたくもねえな。ありゃ最悪だ」

「どんなふうに最悪なんだ」

「スタジオ撮影のとき、こんなおバカなコンテどおりにやんのって、いっとう最初にかましてくれたよ。撮影がはじまったらはじまったで、注文が多すぎるってんで、わたし帰るといいだした。てめえのクソ演技を棚にあげてな。はじめてのＣＭだから気どりたかったんだろうよ。けど、ディレクターはあの植木《うえき》さんだぜ。自分の娘なら、まずぶん殴ってるな、おれは」

植木というのは、業界で天皇と呼ばれている人物だった。麻生もともに仕事をした際、ずいぶん気をつかったことがある。撮影現場の光景を想像して麻生は苦笑した。

「あの娘、所属はサンライズプロだったな」

「ああ、あそこの後ろ楯《だて》がなきゃ、もうとっくに消えてる。というかデビューさえできやしなかったさ。なんであんな小娘にサンライズが肩入れすんのか、おれも不思議に思ってたんだが、なんでもあの娘の親父が南陽大の理事長らしい。滝田といったか。で、そのアホ親父がサンライズの社長とけっこうな縁があるって話を聞いて、やっと納得したよ」

「その編集、スタジオはどこつかった？」

「ここだが、それがどうした」

「いや、次の話で小早川をちょっと考えないでもなかった」

「やめとけ、やめとけ、あんなクソタレ。サンエイのCMの出来は全部、植木さんだからこそだったんだ。もっとも当世のバカ娘の勘ちがいぶりに呆れたいんなら、話はべつだけどさ」

「わかった。なら、やめとこう」

「なんだよ。おまえさんらしくないな。へそ曲がりが、おれの言い分だけであっさり引きさがるなんざ。けどまあ、その話はいいや。それよか、久しぶりに一杯やんないか」

「いや、いい。きょうは昼間から飲みすぎた。おれはもうちょい、ここで休んでいく」

「天下の麻生ともあろうもんが、もう歳か……」

田崎は苦笑しながらも口をつぐんだ。麻生の顔にじっさい、疲労のいろを見てとったのかもしれない。

「わかったよ。そんなら、おれはさきに帰るぜ」

「ああ、お疲れさん」

田崎は去っていったが、まだアシスタントプロデューサーはじめ、数人が残っている。

麻生が席をたつまでは、さきに帰ることのできないスタッフ連中だった。

後処理の編集作業が一段落したらしく、さっきのオペレーターが横をとおりかかった。トイレにいくらしい。麻生は立ちあがり、あとを追って廊下にでた。若い男は短髪で小柄だった。その背中に声をかけた。

「おまえが矢代か」

男がびっくりしたようにふり向いた。Tシャツにジーンズ姿の彼は怪訝な目で麻生を見かえしてきた。ふだん、スタジオ所属の人間がCDから直接、名前を呼ばれることなどほとんどないせいだろう。

「ええ、そうですけど……」

「おまえ、ここの給料はいくらだ」

「え？」

「給料はいくらかって訊いてんだ」

矢代は最初、ぽかんとしていたが、やがてとまどいながらも数字を口にした。

「わかった。その二倍だす。個人的な頼みなんだが、ちょっとした作業をやってほしいんだ。おまえなら一時間で終わる」

夜中の一時だった。麻生は目のまえのデスクにおいた名刺にある番号をプッシュした。名刺に個人の携帯番号が記されていたのは幸運だったが、留守録になっているかもしれない。だがほんの数秒もたたないうちに、返事がかえってきた。時間が時間というのに、不機嫌なようすもうかがえない。

「森川ですが」

「おれだ。昼間はずいぶん愚痴を聞かされて、閉口したぜ」

「なんだ。麻生さんですか。こんな時間に電話をもらうなんて思ってもみませんでした。どうかされたんですか」

「なんだはないだろ、先生。急用に時間は関係ないから電話したんだ。さっそくだが、ちょっと訊きたいことがある。あんたんとこの理事長、滝田の住所はわかるか」

「どうして、急にそんなことを……」

「いいから答えろよ。南陽大学の理事長の住所はわかるかって訊いてんだ。紳士録あたりで調べてもいいが、あいにくそんなものをおれは持っちゃいない。どっちにしたって、時間がかかりすぎるとお手上げだから、あんたに電話した」

「職員住所録があるから、すぐわかるとは思いますが」

「そんなら教えてくれ」

「なぜそんなことをお知りになりたいのかたずねても、答えてはいただけないんでしょうね」

「あのな。おれは愛想ってのはよく知らねえが、それほど不親切ってわけでもないんだ。じゃあ、試しに訊いてみろよ」

「では、理事長の住所をなぜお知りになりたいんですか」

「こういうことだ。あんたがおれに滝田の住所を教える。すると、なぜか例の対談企画で、神保誠治を起用する案だけはひっくりかえって消える。あんたの望みどおり、おしゃかになるんだ。ただし、その理由は答えんぜ」

電話の向こうで、沈黙とともに息を吞む気配があった。ややあって、職員住所録を探してきます、と返事がかえってきた。

森川の読みあげる世田谷の住所をメモしたあと、麻生はふたたび電話口で声をあげた。

「これで神保は、すくなくとも南陽大学の広告にかんするかぎり顔をだすことはなくなった。例の企画はアウトだ。こいつは信じてもらっていい。で、ここからさきはおれの個人的な独り言になるから聞き流してくれてもいいんだが、どうする？」

「なにがなんだか、一般人にはさっぱりわけのわからないことをおっしゃっているような気がしますね」

「そういうときは、とりあえず試してみるこったな。何事も経験にはなる。なら、こっちで勝手にいくさ。いいか。もしおれがあんたなら、あした、朝早くからすぐ動くと思うぜ。現代広告に連絡をとって、もう一度、例の指揮者と出演交渉を再開するよう伝える気分になる。なんでかっていうと、そいつしか方法がないからだ」

「だって、彼はベルギーに……」

「真弓のほうでベルギーに飛ぶ手配をすりゃあいい。やっこさんもずっと病人のそばにいるわけじゃないだろ？　対談の時間くらいはとれるはずだ。そいつがうまくいきゃ、大学の国際的なイメージだってアピールすることが可能になる。スタッフもスチールの押さえだけですむから、制作費はさほどふくらまん。速記者もいらん。対談の中身はテープを持ちかえりゃ、それでじゅうぶんだ。あとの内容確認はファックスでやりとりできる。ただ、おれがあんたなら、それでもちょっと心配なんで、自費で同行する気にはなるけどさ」

わずかな間をおき、今度は様変わりしたように明るい声がかえってきた。

「盲点でした。対談の場所は学内しか想定していなかったものだから、そこまではだれも考えがおよばなかった。明朝、さっそく各方面に連絡をとってみます。いま聞いた神保の話とは無関係にね。しかし……」

「しかし、なんだ」

「それでもあなたの考えていることが、よくわからない」

「あんたも、昼にはべつのことだって、ぼくにはまったくわからないと怨《うら》みがましいこといったんじゃなかったか。まあ、それはいい。あとひとつだけいっとくと、この電話があったことは忘れるんだな」

夜の静けさとともに、長い沈黙があった。先方はなにかを考えている。おそらく森川は、おれが滝田と面談する事態を想定しているにちがいない。その内容の詳細を訊ねたいのだとは想像がつく。それからやっと彼の声が流れてきたが、予想ははずれていた。

「……麻生さん」

「なんだ」

「ひとつ、ぼくからも伝えておきたいことがある。もしその気になるようだったら、彼女の展示をもう一度、見てやってください。いま彼女は、例の作品の再改編作業に熱中しています。クラゲが不機嫌になるようなことは、もうなさそうですよ」

かすかに自嘲し、「そうしよう」と麻生は答えた。

「麻生さん」

「なんだよ。気軽に人の名前を何度も呼ぶなよ」

「お詫びとお礼をいっとかなきゃなりません。昼の件については、申しわけありませんでした。ほんとうに、いろいろご迷惑をかけました。それなのに、さまざまなご配慮を……」

「礼なら、あんたがうまく立ちまわってベルギーから国際電話でもかけてきたときにしてくれ。じゃあな」

森川をさえぎるように電話を切ってから、麻生はしばらく受話器に手をおいたまま動かなかった。それからようやく立ちあがり、キッチンに足を運んだ。冷蔵庫からビールをとりだし、仕事用のデスクにもどった。その黒い表面には、八つ切りの印画紙に焼きつけたカラー写真が一枚、ひろがっている。

さっき何度もくりかえしたが、もう一度、目をこらしてみた。好みでない光景ではある。背景は、だれの目にもあきらかにラブホテルの入り口とわかる場所で、それらしい明かりがともり、価格表示さえ読みとれる。そして腕を組み、身体をよせあった男と女がいる。それまで、男の肩に女は頰をあずけていたらしい。ただ、映った瞬間の姿勢には狼狽《ろうばい》があった。そのふたりはカメラのフラッシュにおどろいたように、顔半分をこちらに向けたところだ。男は神保誠治、女は小早川恵里である。クルマのなかから撮影したもののように、ガラスの反射光がうっすらと全体をおおい、その光景全体にリアリティーを与えている。

あの矢代の腕は想像以上だった。おれのいうことを聞けないってのか。これからも、この業界で生きてく気はないのか。そんなふうに脅され、彼は最初、不承不承《ふしょうぶしょう》、指示どおりの仕事をはじめたが、やがて完成に向け、いつのまにか自分からスチールの合成作業に熱中していった。都内で三本の指にはいるあのスタジオは、だれも考えないべつの角度から見れば、肖像権の宝庫でもある。小早川恵里の映像存在は確認していたものの、問題は神保だった。ただCMにあれだけ登場する神保のカットはないはずがないと睨《にら》んでいたが、やはり予想どおりだった。おまけにあのスタジオでは、テレビドラマの編集までやっている。おあつらえ向きの背景を見つけるのにもそれほど手間はかからなかった。

ただスチール写真合成の作業自体は、麻生が想像したより時間はかかった。矢代を除くスタッフ全員を帰らせたあと、ほぼ三時間かかったのだ。そのぶん完成品を見たときには、ある種の感慨があった。田崎がいったように、このご時世、だれもが気軽に手を染めるコンピュータ処理も、皮肉なことにあるレベルを超えれば一種の職人芸に変化する。だが出来を見て、麻生が近くのコンビニでおろしてきたカネをとりだしたとき、矢代は首を横にふった。目が覚めたように、自分の制作した写真を見ながら彼はこう告げたのだ。

「受けとれません。麻生さんがなにを考えているのか知らないし、知りたくもないけれど、ぼくはあなたの犯罪の片棒をかつぎたくはないんです」

なんの気負いもなく、静かな声で彼はそういった。その表情からは、最初のおどおどした青年の印象はぬぐいさられていた。彼の顔にあったのは、非難するでもなく、哀れみでもなく、ただ頼まれ仕事をたんたんとこなしたのだという若い職人の目だった。その目を見た瞬間、こいつに負けたな、こんな若造に負けた。麻生はそう考えたのである。ついで、苦い思いの訪れを覚えたのだった。おれは薄汚れた中年男になっちまった。いや、ずっと以前からそうだったのをいま悟っただけだ。こんな歳になって、ようやくそんなことに気づいたのか……。

「すまん」と麻生はいった。「おまえの名前は、おれの口からは絶対、どこにも洩れることはない。それでももし万一、なにかあるようだったら、おれがおまえを脅して強要した。そういいはってくれ。だいいち、そいつが事実だ」

「大げさですよ、麻生さん」矢代は笑った。「これをだれがどこで合成したのか、まずわかりはしませんから。それくらいの手はほどこしてありますよ。それでも麻生さんのいうようなことが起きた場合、もちろんぼくは白《しら》ばっくれることにします」

いっそ爽快にさえ聞こえる青年の断言を耳にしたとき、麻生はさらに苦い思いのひろがっていく感覚を覚えた。もうおれなんかの時代ではない。そういう時代はとっくにすぎた。これからさき、おれを待っているのは、さらに転げおちていく坂道しか残ってはいないのだ。もう、おれのでる幕は完全に終わった。その現実を、肚《はら》にこたえる事実として思いしらされたのだった。

麻生は、虚構の映るスチール写真をまえにし、とりあえずあの思いは忘れようとつとめた。そして頭を切りかえ、もうひとつの事態に思いをめぐらせた。速達では間にあわないから、これをいまから滝田の自宅の郵便受けに配達するのは、おれ自身ということになる。それからあとのことは、おおよそ想像がつく。

滝田は自分の娘と神保誠治に、この写真をつきつけるだろう。あるいはひょっとして父親の情から、神保を相手に終わるだけになるかもしれない。だが写真の撮影者、提供者をふくめ、この奇態な配達物の舞いこんだ事情の背景把握につとめることだけは確実だ。いずれ、ふたりの嫌疑は晴れるかもしれない。その場合は警察にまで話がいくかもしれない。だがそれまでに時間はかかる。森川の話からすると、二、三週間をかせげれば、じゅうぶんなのだ。そして事実を確認するまで、今後は学内からどんな非難を浴びようと、滝田は理事長としての強権を発動するだろう。神保誠治の起用についてだけは絶対に阻止するはずだ。

写真誌に持ちこむことも頭をかすめないではなかった。だが、その考えを麻生はただちに打ち消した。時期も場所も特定できない合成写真に記事をつけ、公にできるものではない。それにふたりを必要以上に傷つけることになる。たとえ、彼らがその仕打ちに値する人物であろうと、おれにそこまで人を裁く資格はない。

大型の封筒をとりだし、南陽大学理事長、滝田晴彦様、とだけ宛て名を記した。親展、の二文字もつけくわえた。だがパソコンのプリンターをつかうことは考えなかった。なにかの文面をそえることも考えなかった。それから短いあいだ思案したあと、麻生は写真の表面に、てのひらをそっと押しつけた。もし、滝田が警察への通報を考えれば、これですぐ送り主を特定できるはずだ。なにしろ十年近くまえ、二度現行犯逮捕されて十指指紋が警察に残っている。あるいは滝田の立場なら、警察上層部に極秘に相談を持ちかける可能性もある。いずれにせよ、どちらの場合もおなじ結果にはなる。だが麻生にとって、それはどう転んでもよかった。もう、おれの時代はとっくに終わっているのだ。

封筒に写真をすべりこませ、糊づけしたあと、麻生はそれを小脇に抱え立ちあがった。そのとき、デスクにおいた缶ビールが目にとまった。立ったままその残りを飲みほした。ビールは昼間のウォッカソーダより生温かく、はるかに苦かった。そして昼間着ていたジャケットをとりあげた。袖をとおし、いつもの習慣でポケットに手をいれたとき、ふれてくるものの感触があった。これにはすっかり馴染んでいる。久しぶりにとりだし、色あせたその金属をしげしげと眺めてみた。てのひらにあるのは、十年近くまえに買った、なんの変哲もない平凡な爪切りである。

森川の言葉がよみがえった。あのクラゲをまた見ることがあるとすれば、そのとき、あの群れはどうなっているだろう。移りかわる四季の青空を背景に、のんびり泳いでいるんだろうか。それならその空を映し、クラゲはずっと青く透明なままでいるのかもしれない。だが、おれにはきょう見た毒々しい赤の明滅のほうがよく似あう。ふと洩れる笑いを口許《くちもと》におぼえながら、爪切りをふたたびポケットにそっとしまいこんだ。それから麻生はドアに向け、ゆっくりした足取りで部屋を横切っていった。

解説

塩《しお》田《た》武《たけ》士《し》(作家)

ちょうど四半世紀前の夏、私は兵庫県にある自動車教習所のベンチに座って一冊の文庫本を開いた。

――十月のその土曜日、長く続いた雨があがった。――

すばらしい小説は、冒頭の一文に独特の形の良さがある。ただの読書好きだった十九歳の私にも「何かある」と直感が働いた。

そして次の段落を読んで、語りの切れ味の鋭さに心をつかまれた。余計な描写は何一つなく、淡々としかし確実に「くたびれたアル中の中年のバーテン」の遅い朝が浮かんでくるのだ。

幸い学科教習が始まるまで、まだ時間があった。私はもう少しこの色気漂う主人公の語りを聞いていたかった。

展開の早さと端正な文体が何の齟齬《そご》もなく共存し、私は瞬く間に物語の世界へと放り込まれた。しばらくは「あと少し」と思いながら読んでいたが、そんなリミッターはすぐに壊れてしまった。

周囲の騒がしさに嫌な予感がして時計を見たとき、私は天を仰いだ。既に学科教習の時間が終わっていたのだ。気づかぬうちに世界が一時間ほど前へ進んでいて、貧乏学生だった私は「一限分のお金が……」と束の間落ち込んだのだが、それよりも小説の続きが気になった。移動するのも億劫になり、結局、教習所のベンチの上で読了。

本を閉じて物語の余韻に浸った私は、人間の時間感覚を狂わせた小説の威力に胸がいっぱいになった。

エンターテインメントの世界に憧れ、私は中学生のころからネタ帳をつけ始めた。高校時代には漫才コンビを組んで関西の小さな事務所に所属して舞台に上がったものの、結果を出せずに解散。劇団に入って喜劇役者を目指したこともある。

何をやってもうまくいかなかった。しかし、私は気づいてしまった。小説は読むだけでなく、書くこともできるのだと。

集団行動が苦手な私にとって、誰にも気兼ねせずに自分の世界観を創り上げる小説は、最高のエンターテインメントだった。それは読者も同じだ。好きな時間に本を開いたり閉じたりする自由があり、文庫本なら数百円で楽しめる。

こんなにありがたい娯楽が他にあるだろうか。歩むべき道を見つけた私は、嬉しさのあまり何だってできる気がした。全てが光で包まれているような多幸感は、今も鮮明に胸の中にある。

教習所のベンチの上で決心した。小説家になろう、と。私は帰りに文房具店に寄って四百字詰め原稿用紙を大量に買い込んだ。そしてその日から今に至るまで、毎日原稿を書き続けている。

藤原伊織の『テロリストのパラソル』が、私の人生を変えた。憧れの作家の作品解説を担うことに、無上の喜びを噛みしめている。


『ダナエ』は中短編の三作から成る。中でも表題作の『ダナエ』は、『テロリスト――』を彷彿とさせる第一級のハードボイルドだ。

――一報をうけてもどると、瀬田《せた》が蒼《あお》ざめた表情で出むかえた。――

助走を許さず、書き出しから明確に事が起こっている。この後、勿体をつけることなく「いつ、どこで、何があったのか」が提示されるおかげで、読者はストレスを抱えず物語に没頭できる。やはり藤原伊織はツカミの名手だ。

世界的評価を得る画家の宇佐美真司が銀座の大手画廊で目にしたのは、切り裂かれて硫酸をかけられた自らの作品。新聞に「今年最大の収穫のひとつ」と評された肖像画が、見るも無残な状態になっていた。

画廊関係者が狼狽する中、当の宇佐美はまるで動じず、警察への通報も断る。他人事のように思い出したのは「ダナエ」事件。

一九八五年、旧ソ連のエルミタージュ美術館に展示されていたレンブラントの「ダナエ」が、リトアニア人の青年によって硫酸をかけられ切りつけられた実在の事件である。

画廊で個展の受付をしていた二人の女性職員が、不健康なほど痩せた少女を目撃していた。犯行時間帯に大きなバッグを持って来場した唯一の人物で、記帳せずに去って行った。

そして宇佐美が女性たちから話を聴いているまさにそのとき、一本の電話がかかってくる。受話器の向こうにいたのは犯人と思しき少女で、彼女は次の犯行を予告する。

続く第二節では、画廊近くの喫茶店に目撃者の女性たちが入ってきて、偶然死角で隣り合わせた宇佐美が彼女たちの話に聞き耳を立てる、というシーンを描く。

うまいのは、この女子の会話を通して宇佐美の半生を完結にまとめてしまう点だ。彼の義父は財閥のボス古川宗三郎で、硫酸をかけられた肖像画はこの義父を描いたものであること、大企業の経営者である実父に勘当されたこと、若いころは最初の妻に食べさせてもらっていたこと――これらはその後の展開に直結する重要なポイントであり、早い段階で整理することでグッと読みやすくなる。

古川の娘、恭子と宇佐美は再婚同士だが、その結婚生活は破綻している。アルコールに溺れて自堕落に過ごす妻とアトリエにこもる夫。恭子は前夫との間に別れて暮らす娘がいて、彼女が十七歳であることから〝重要参考人〟として浮上する。宇佐美は興信所を使って前夫と娘について調べるのだった。

犯人はなぜ「ダナエ」事件をまねたのだろうか。そこにメッセージがあるのなら、ギリシャ神話に登場する美女「ダナエ」とその家族の物語に焦点が合う。古川を王アクリシオス、恭子を娘のダナエと置き換えると、孫の存在が俄然危うく映る。腕に覚えがあるわけではないものの、身長一九〇センチ近くある宇佐美は古川のボディガードを買ってでた。毎週土曜日の句会のときが危ないとみて遠くから警戒する。だがこのとき、興信所の調査結果を手にした宇佐美の胸の内には、別の可能性が浮上していた。彼はある意外な人物を呼び出し、一つの綻びから真実を手繰り寄せる。「ダナエ」を巡る流れるような展開から、意表を突く真相に帰結するわけだが、本作の真骨頂はむしろその後にある。

危機は宇佐美自身に忍び寄っていた。犯人によって〝人質〟に取られたのは、彼のアトリエ。その中には宇佐美が何よりも大切にしている自作の静物画があった。「古いテーブルに壊れたアコーディオンと古い石油ランプがのっている」シンプルな構図ながら、完成までに数年を費やした。

ハードボイルドの一番の見せ場は、ずっと冷静を保っていた主人公が感情的になる一瞬だ。そこに剝《む》き出しの人間が現れる。背負ってきた人生を読者と共有する豊かな時間。塗り重ねられた油絵の具の間に、何者でもなかった宇佐美真司の若かりし時が封じ込められていた。

果たしてアコーディオンと石油ランプは何を意味するのか。宇佐美は言う。「これは静物じゃない」と。「かつての生活の肖像なんだ」という言葉が切ない。

そして宇佐美は唇を嚙みしめ、静かに泣き続けた。だが、その涙が生む新たな関係性に救いの光が差し、物語は静かに幕を下ろす。

心に染み入る作品だ。

作者は主人公の空虚な日常を表すのに萩原朔太郎の詩を繰り返し引用し、美術界の年功序列と閉鎖性を的確に描写している。芸術性と写実性を兼ね備えることで深みが増す、大人の小説と言っていい。

藤原作品に共通する主人公の包容力。宇佐美もまた、有事に際しても冗談一つ分の余裕を持つ男である。かっこいい男の条件はシンプルだ。悲哀を絵にできるか否か。だが、これが難しい。

表面的な正しさや優しさがネット空間を蠢く現代において、藤原伊織の粋は人間に質感を与える。何でもあけすけにする品のない世の中だからこそ、秘する力を持つ登場人物たちが眩《まぶ》しい。

情報過多で心が疲れやすいこの時代、人間の本質を描く本書の存在は、ひと際尊いものになっている。

本書は、二〇〇九年五月に文春文庫より刊行されました。

ダナエ

藤原《ふじわら》伊織《いおり》

令和５年 ４月25日　初版発行

発行者●山下直久

発行●株式会社KADOKAWA
〒102-8177　東京都千代田区富士見2-13-3
電話　0570-002-301（ナビダイヤル）

角川文庫 23624

印刷所●株式会社暁印刷
製本所●本間製本株式会社

表紙画●和田三造

●お問い合わせ
https://www.kadokawa.co.jp/（「お問い合わせ」へお進みください）
※内容によっては、お答えできない場合があります。
※サポートは日本国内のみとさせていただきます。
※Japanese text only

ISBN 978-4-04-113404-7　C0193

角川文庫発刊に際して

角川源義

第二次世界大戦の敗北は、軍事力の敗北であった以上に、私たちの若い文化力の敗退であった。私たちの文化が戦争に対して如何に無力であり、単なるあだ花に過ぎなかったかを、私たちは身を以て体験し痛感した。西洋近代文化の摂取にとって、明治以後八十年の歳月は決して短かすぎたとは言えない。にもかかわらず、近代文化の伝統を確立し、自由な批判と柔軟な良識に富む文化層として自らを形成することに私たちは失敗して来た。そしてこれは、各層への文化の普及滲透を任務とする出版人の責任でもあった。

一九四五年以来、私たちは再び振出しに戻り、第一歩から踏み出すことを余儀なくされた。これは大きな不幸ではあるが、反面、これまでの混沌・未熟・歪曲の中にあった我が国の文化に秩序と確たる基礎を齎らすためには絶好の機会でもある。角川書店は、このような祖国の文化的危機にあたり、微力をも顧みず再建の礎石たるべき抱負と決意とをもって出発したが、ここに創立以来の念願を果すべく角川文庫を発刊する。これまで刊行されたあらゆる全集叢書文庫類の長所と短所とを検討し、古今東西の不朽の典籍を、良心的編集のもとに、廉価に、そして書架にふさわしい美本として、多くのひとびとに提供しようとする。しかし私たちは徒らに百科全書的な知識のジレッタントを作ることを目的とせず、あくまで祖国の文化に秩序と再建への道を示し、この文庫を角川書店の栄ある事業として、今後永久に継続発展せしめ、学芸と教養との殿堂として大成せんことを期したい。多くの読書子の愛情ある忠言と支持とによって、この希望と抱負とを完遂せしめられんことを願う。

一九四九年五月三日

角川文庫ベストセラー

テロリストのパラソル　藤原伊織

新宿に店を構えるバーテンの島村。ある日、島村の目の前で犠牲者19人の爆弾テロが起こる。現場から逃げ出した島村だったが、その時置き忘れてきたウイスキー瓶には、彼の指紋がくっきりと残されていた……。

ひまわりの祝祭　藤原伊織

妻が妊娠をかくしたまま自殺した。ショックで隠遁生活を送る秋山に、元上司から奇妙な依頼が来た。謎を解く鍵は、ゴッホの名画「ひまわり」だった――。疾走感溢れる展開と緻密な構成で綴る傑作ミステリ。

雪が降る　藤原伊織

〈母を殺したのは、志村さん、あなたですね〉1通のメールが、男の記憶をよみがえらせる。メールの送り主は、かつて愛した女性の息子だった……（「雪が降る」）。不世出の偉才・藤原伊織による至高の6篇。

悪果　黒川博行

大阪府警今里署のマル暴担当刑事・堀内は、相棒の伊達とともに賭博の現場に突入。逮捕者の取調べから明らかになった金の流れをネタに客を強請り始める。かつてなくリアルに描かれる、警察小説の最高傑作！

てとろどときしん　大阪府警・捜査一課事件報告書　黒川博行

フグの毒で客が死んだ事件をきっかけに意外な展開をみせる表題作「てとろどときしん」をはじめ、大阪府警の刑事たちが大阪弁の掛け合いで6つの事件を解決に導く、直木賞作家の初期の短編集。